三民叢刊 129

帶鞍的鹿

虹影著

三民書局印行

記憶與遺忘（自序）

張錯

沒有記憶我們不存在，沒有遺忘我們也無法存在。問題的關鍵是記住什麼，忘記什麼。這個分配成為我們這主體的基本形成方式，使我們生存下去。但是記憶和遺忘，站在峽谷的此岸和彼岸，它們必須握手、擁抱、交談，通過語言注視對方。而語言像玫瑰一瓣瓣張開翅膀時，讓我們驚異的不見天光的部位：一個個橫斷面會赫然出現。

被歲月熏染成黑糊糊的磚牆、柱樑。被內向爆炸轟然摧盡。新樓在注視中，而廢墟在記憶裡。在冬夜，在距飛機也要飛十多個小時某個幽暗燈光下，在沒有月色的節日，我們必然會夢囈般說出一些忌諱莫深的名字。

旁觀是一個作家的特權，生命的投入卻是一個人的義務。二者相切，語言成為片斷。長篇是長片斷，短篇是短片斷，記憶猶如深崖四周的巨風，隨時將崩裂作家生命裡其他片斷之間的橋樑。萬一情感投入過多，就會跌下懸崖，傷痕累累。

大陸六十年代初出生的這批作家，其生命是被記憶與遺忘從根上撕裂的，太多的片片斷斷，殘缺不全。在「革命熔爐」裡既沒煉成冰冷的鋼鐵，而爐門一開，卻倒出我心匪石的畸形人；只不過想通過語言，跟通過心理醫生一樣，盼望能夠既醫治自己又可撫慰他人。

寫小說好像進入一個不醒的記憶。作家是唯一保持清醒的人，把自己塑造的一切殘忍留下。如果是一個好作家的話，應在這時再給自己劈面一掌，然後，退避三舍，緘默著。

帶鞍的鹿

目次

那年的田野

火爆了一夜的槍聲，到天亮時，才不太情願地停了一下。李紀明聽到坦克在不遠處隆隆開過。他爬到藏身的炮彈坑邊上，想看個究竟。他只聽到不遠處傷兵淒惶的叫聲。這一夜無雪，但田野裡徹骨的寒風，裹著霜粒，像炮煙一樣翻捲。

坑底上，俊妮嘟嘟噥噥地翻個身，又睡著了，她身上壓了三件軍大衣，一件給翻到邊上。李紀明順坡滑到坑底，給她蓋好。

「俺夢見過年哩，」俊妮眼皮沒有睜開，「大圍塢那年戲可唱得鬧火，花炮瞎眼個亮。」她笑了一下：「李哥，那年你爹有沒有讓你去？」

「哪年？」

「還哪年？哪年俺爹跟還鄉團回來的？」

李紀明剛要開口，聽見坑邊上有人壓住聲音叫「大哥」，隨後，一個人拖著枝槍從坑坡上滑溜下來。俊妮陡坐起來：「傷了，傷在哪兒？」

三子溜到坑底，摸了摸臉，一手血糊。「日奶奶的，生臭。」他脫下血糊糊的軍大衣。「不是俺的血。糟塌了這身衣服。」

他從袋裡摸出一些碎碎渣渣的東西：「就搶到這點兒餅乾。俺日你媽媽的，可了不得，就為這點餅乾打死的人海了。」

俊妮從地上拿件衣服給他披上，「咋說呢？恁快就回了。」

「根本衝不出去，」三子說，他朝炮聲還在斷斷續續的方向晃了晃頭，「三十四師怕一個沒剩。」他轉頭對紀明說，「給俺喝口水吧，就著吃點餅乾。」

俊妮從大衣堆裡找出一個軍用水壺。紀明說：「甭管俺和俊妮了，找個村子弄件老鄉衣服，把槍撂了，跑一個是一個。」

三子笑笑：「跟您大哥多少年，恁沒聽這等沒辦法的話頭。」包圍圈的確很小了，沒幾個村子，早給正規軍隊占用了，像他們這種民團殘餘人員，只能在田野的彈坑裡躲躲藏身。

紀明垂下頭：「早知道，不當跟國軍跑出徐州。咋不等大隊過了，找空兒溜。」

「往哪兒？」

「往家鄉唄。」

「俺不敢，」俊妮說，「老家的佃戶棒子現在可兇哩，逮住不一刀刀零割？你爹俺爹不都給砍了腦袋？」

她走到兩個男人前：「甭餒氣，哪兒都不去，咱們在一起不就挺好？」她把亂堆的棉衣整了一下，說，「三子，躺會兒吧，一夜沒睡了。」

三子即刻歪下，鑽進衣服堆裡。「死尿先睡覺。砍頭也不能不讓睡。」

「李哥，你也一夜沒合眼，你躺回兒。」

紀明蹲下，抱著頭，一聲不吭。

俊妮忍不住走上前，撫摸他的頭。紀明的綳帶上沾滿了土和血淤。他們倆從來沒有這麼親熱過。紀明抬起頭說：「早知道，不當找小三子把你從徐州窯子裡劫出來。火坑裡怕還能活命哩。」

「甭說悔話。當初俺叔也是想給俺找條活路。家鄉的血仇恁地做深了，不能再跟家鄉人沾邊。他說天老地荒，讓孤妮子沒名沒姓地，怕能遇個好人，混口活命。」

「可不，又到了俺們這兒，沾上家鄉的煞氣了。」他苦笑一聲，眼睛直直地盯住俊妮，「俺還想哪天紅轎大鑼，明媒正娶你哩。」

「嘿，李哥，」俊妮垂下眼，避開紀明的眼光，「俺早就髒透了。」

「可家鄉誰也不知道。」

「沒家鄉了，天知地知吧。」她把紀明的頭抱過來。寒風吹來田野上的屍臭，一陣陣濃得叫人透不過氣來。紀明輕輕把她推開，捂著受傷的頭躺倒下來，把腦袋埋在一大堆散發出血腥和鞋臭味的軍衣中。睡著前，他似乎聽見俊妮在撒尿，他把頭埋得更深。

民國三十八年一月六日，徐淮平原上風雪越來越緊。當日近晚三時半，突然而起的炮擊把陳官莊與魯河之間大片原野中挨凍受餓的軍民驚醒。

炮彈呼嘯著從他們頭上越過。紀明摔開身上的棉襖，跳起來，卻又立即躺倒下去。嘯聲越來越近，好像就要掉在頭上。陰寒的天，不知是什麼時候入夜的，只有壓得很低的雲，被爆炸光照亮。聽得見田野上有人在呼喊，聲音那麼微弱，似乎幾十萬大軍早已死絕了，只剩下他們三個平民。

「日奶奶的，逃不過是今夜了。」紀明說。

三子躺著，沒動，抬頭看被火光閃忽的天空，他好像知道其他人要說什麼：「甭跑了，跑也是死。」

「可被共軍押回大圍塢也是死，死得更慘。」

「誰知道呢，等著吧。」

三個人躺在坑底，誰都不再說話，炮彈聲似乎漸漸朝東展開。黑紅黑紅的天，好像已經被熏得撐不住，說不準什麼時候就會塌倒，把一切都壓滅。

俊妮好像自言自語：「剛進窰子時，俺老想殺人，再自個兒勒脖子。」

其他人沒吱聲，小三子低聲啜泣了起來。

「後又想，咋哪？都是當兵離家的，淒淒惶惶的，沒幾天日子過了，幹啥殺來殺去的，給點樂子吧。」

李紀明突然坐起身，朝著俊妮吼：「咋說？還是窰子好？有樂子哩！」

俊妮手撐起身子，慢慢地說：「甭朝我粗脖子紅臉的。逃不過是死，死得快活一些不好嘛。」她拉拉李紀明，「李哥，你先來。」

李紀明從衣服堆裡蹦起來：「咋說哩？先來！你這臭婊子！」他衝到彈坑另一邊，抓出大衣口袋裡頭的一顆手榴彈。「日奶奶的，俺爺死裡活裡，救的是這麼個婊子！」

小三猛跳起來，哆嗦著說：「大哥，好話好說，甭玩屌個炸彈。」

「小三甭急火，俺李哥不是這意思。」俊妮說。

小三走上前去奪手榴彈。紀明不放手，兩人在彈坑邊上滾成一團，全身沾滿和著雪的泥。

俊妮把滾在地上的手榴彈取來放在一邊。她對兩個人說：「幹屌哩，算兄弟！」

畢竟紀明受了傷，小三把他騎在地上，把他身上的軍大衣反繫，紀明在地上一面喘氣，一面胡亂罵著。但是突然他們倆都停住了，他們看到俊妮解開了衣服的扣子，把骯髒的棉襖脫下來，露出赤裸的身子，遠處傳來的爆炸閃光，照著她的乳房，淨淨白白，好像不屬於這片血污屍橫的田野。

俊妮說：「別嫌俺髒，最後服侍哥們一場。」她俯下身，把被兩人打架攪亂的衣服鋪好，然後坐下，用一件破棉襖蓋住下身。她說，「李哥，你來吧，好嗎？」

李紀明張大了嘴，不知說什麼好，半晌，他才結結巴巴地說：「俺原想娶你呢！日奶奶的！」

俊妮笑笑說：「俺原沒說嫁你。甭說那撈事，今個兒算今個兒。」她轉過身，拉一把小三的腿，「三子，俺先服侍你，你不是逛過窯子嗎？你不像李哥那麼草雞。」

小三害怕地回過頭來，看看李紀明，突然迅速地解開身上破破爛爛的衣服，露出精瘦的身子。他鑽進衣服堆裡。

槍炮聲又驟然發作，好像更近了一些。捆著李紀明的大衣早被他掙脫了。他呆呆地靠在彈坑邊上，不知道做什麼好。望著黑暗中一堆衣服，間或露出一條腿，一隻胳膊，聽見一堆兒呼哧呼哧的喘氣聲。他聽見俊妮的聲音：「好了，小三，去讓你李哥來。」

小三沒有回音，俊妮從衣服堆裡爬起來，走到李紀明跟前：「李哥，穿單衣傻站著，多煎熬人哩，俺一齊服侍你們兄弟兩個。」

她溫暖的身體抱了上來，李紀明聞到她身上有一股女人的汗味，他從來沒聞過俊妮身上有這種味道。他隨著俊妮的身體倒在地上。

炮彈落在附近，震得土粒簌簌地滾動，聽見有幾個人在不遠處拼命地叫，那聲音慘得讓人頭皮發麻。

好一陣，俊妮說：「小三，夠勁兒嗎？」

小三說：「真是，真是。」

俊妮又問：「李哥，快活嗎？」

李紀明喘著氣說：「嗯，快活。」他感到一陣從未有過的暖意，沿著身子往頭頂上竄，弄得他暈乎乎的，全身都要溶化了。

「好，」俊妮說，「俺也快活到頂了，哥兒，俺們都快活。」

她伸手抓過來坑邊冰冷的手榴彈，緊緊握住。

穿越陳官莊田野的退卻部隊與進攻部隊都沒有向這個彈坑看一眼。三天後，硝煙已經淡了，遍野的屍體卻開始發臭。清掃戰場的民工隊開進來。這個彈坑的屍體太碎，盡是斷臂爛肉，不好撿，就把附近凍死的傷兵屍體往裡扔。不一會就滿滿一坑。

到天黑，他們用乾泥塊擦擦腥臭的手，就在新平整的地頭起灶做飯。

——一九九一年十二期《聯合文學》

六指

烏雲幾乎在一秒鐘之內從高空壓落到江面上，像是被蛇形的閃電拖拽下來，隨著便聽見炸裂江面的雷聲。雨猛地衝入船艙。江浪把船艙顛成一個大斜角度時，我踉蹌了一下，差點跌倒。我緊緊抓住艙頂備有救生衣的木架。這種天過江的人並不多，但船內一片尖叫哭鬧，好像這船真要下沉似的。

我的心也慌亂地跳著。在喧鬧中，聽見有人在叫我的名字，使我定了一下神，「蘇菡！」我又怔了一下，的確是在重複地叫我，雖然聲音不大。我尋聲找去：一個閃電正好把坐在船尾舷橢圓形長椅上的一個男子照得清清楚楚：就他一個人，手臂張開扶在椅背上。他眉毛很黑，臉容清秀。艙內光線暗淡，沒看清楚，但好像比我年輕許多，他好像正朝我微笑。

「我是六指呀！」看來是怪我怎麼記不起他了。

「呵，六指！」我嘴裡答應著，我一向怕別人說我高傲，目中無人，但我的確不記得這個男人。又一次閃電，船狠狠地搖擺，我再次趔趄，他卻敏捷地站起來扶住我。霎那的光中，我幾乎覺得他還不像個成年人，或許穿著風衣使他個頭顯小。

「好久不見了。」

「真的，好久不見了。」

浪一個比一個大，高高地捲起來，撲進未遮帆布的欄杆，乘客都往前三排靠機艙的地方擠。水順著鐵板淌著，我的皮鞋濕透了，涼涼的，很舒服。這並不太燥熱的天氣，天氣預告也沒說有雨，竟下起雨來了。

「太巧了！」

「在船上遇見你！」

像是無話找話，但我沒來的及覺得無聊。我在翻查記憶，究竟這個和藹的青年是誰呢？江浪太大，輪渡不得不開得很慢。漲水季節剛過，九月的江面異常寬闊，雨水模糊中看不到兩岸。怎麼辦，我不會游泳。

「沒事，」他好像明白我的心思，示意我坐到他身邊的空位置上，「坐在邊上，反而安全一些。」

天忽然亮了許多。我看見他的眼睛閃過一溜栗色，而眼白透出一點藍紫，我從來沒看到過這樣的眼睛。

他很特殊，我感到了這點。坐在他身邊，我心裡踏實起來，翻船也不怕。對陌生男子，我可從不這樣。可是，我仍記不起他是誰。他那種熟稔的說話口氣，那親密的神態，能肯定一點：我和他是相識已久的。我生平第一次發現自己記憶力並不好，腦子裡似乎有一片毫無索引的混沌區。

江岸寬大的石階上，有個孤零零的票房，綠漆已被風吹雨打剝蝕殆盡。丈夫站在那兒，我踏上跳板就看見了，心裡一熱，但隨即尋思，怎麼向丈夫介紹六指呢？我想還是問一下六指，卻發現他早已不在身邊。

「我就猜中你會坐這班船。」丈夫手裡拿著一把傘，雨卻停了，伸出手掌抓不到一絲一滴。天又變得陰沉沉。

六指怎麼就走沒影了。我渺茫地朝四周望了一眼。一船的人正在走散，在碼頭僅露在水面窄長無邊的沙灘上，那沙灘有無數條向北向東向西伸延的石徑、小道。形形色色的樓房依山聳立，彼此閃躲著，僅露出一角或半頂、一扇窗。小路邊繁衍迅速的蘆葦，半截淹在污水裡。蘆葦後的小樹，如人影在晃動。煙廠鈕扣廠的機器聲混雜著汽笛和浪拍擊岸的嘩啦聲。百年獅子山廟瑟縮雲團後，彷彿香火繚繞。

「你在找什麼？」

「六指，」我想不必說這事了，卻還是脫口而出，「在船上碰見的。」

「六指？」丈夫攬過我的腰，往梯級上走，「我怎麼從未聽你說起過？」

我心安了，丈夫不認識六指，他的記憶力是有名的。

「這麼怪的名字。瞧你魂不守舍的樣子。多一根指頭。」丈夫這麼說的時候，我驟然一驚，想自己為什麼沒注意一下六指的手呢？我說，「他的眼睛有點發藍，很少見。」

丈夫沒有答話，不願意談這個無聊的題目。

我今天去市中心開會，小說得獎公布大會。丈夫破天荒地來渡口接我。什麼都濕淋淋的，石階越往街上越骯髒，污水濺得我的絲襪、白裙斑斑點點。我對丈夫說，「看來你的傘白送了。」

他一楞，馬上反應過來。「沒得獎也好，」他安慰我說。我們沿著石級慢慢走，旅客大部分已趕過去。「誰讓你把現實寫得那麼可怕，」他聲調開始嚴肅起來，「《未上演的火舞》，《火樹》，《火的重量》，全是和火有關的故事，你的火情結你不累，讀者累不累？」

當了多年編輯的丈夫，抖了抖倒垂著的傘的水滴，「別怪評委不給你獎，該省思省思嘛，這個時代，每天發生多少精彩的故事，」他笑了一下，像是嘲弄自己用這樣的語句似的。「創造典型，開拓體驗嘛……」

「學會幽默了。」我不再想聽，「別說了，行不行？」

「耐著性子，我畢竟比你年長幾歲，是你的丈夫，聽聽我的意見，如何？」丈夫依舊輕聲柔語，但聽得出有點惱怒。

「我不想聽。」我將自己的感覺想也不想便說了出來。

「那麼，你聽誰的呢？」丈夫問。

拖過的木板地已開始乾了，我換了一桶清水，重新繫緊圍裙。這城市總是下雨，太陽很少，房間裡的家具生出了點點霉斑，蟲也多起來，油黑賊腦的蟑螂不時從櫃底溜出一隻來。牆上的鐘停了，天色陰白，不像晚上八九點鐘。蹲在地上擦過道裡木櫃的腿，我的心空蕩蕩的，得不到那個狗屎獎也不至於如此輸不起。

電話鈴響了起來。我將濕手在圍裙上抹乾，拿起話筒：「六指！」我低低地叫了一聲，似乎怕在客廳裡看電視的丈夫聽見。我奇怪六指怎麼有我的電話號碼呢？

「哦，蘇菡，你在家裡！」六指的聲音含有一種歉意，為那天的不辭而別？他聲音聽來輕飄飄的，但我感到特別親切，好像我今天一直都在等他打電話一樣。

「你能不能到野苗溪來，」他說，「瞧，今天天多好，難得有這麼一個好天！」

「可我正忙著！」我扯了扯電話線，轉身時卻碰倒了木桶，桶滾下樓梯，水潑了一路，但一點聲音也沒有。

「你怎麼啦？」六指聽見了。

「沒事，水灑了。」樓下是廚房，另有兩間房，卻總鎖著。住戶另有好房，不住在這兒。

「你穿過野苗溪那個石橋，順溪水往上走，那兒有兩個大草坪，一個在路上面，一個在路下面。不過你先忙你的，不急。我就在那兒等你。」

我都不知道六指說的是什麼地方。我想向他說對不起，我去不了，那邊電話已擱了。

這天的晚飯不僅比平日遲，而且一開始就不對勁。「剛才誰來的電話？」丈夫不經意地問。

我還在想，那是個什麼地方。六指或許本來就知道我的電話號碼，當然要得到我的電話號碼並不難，到作家協會或從任何一個雜誌就可打聽到。問題不出在這兒，問題出在哪裡？

「你有點變了？」丈夫直截了當說。他用最快的速度扒飯吃。

「什麼電話？」我這才記起他剛才的話。

「別裝了，你以為我沒聽見電話鈴響嗎？」

我吐了一口氣，說，「是六指。」

「這個六指，」丈夫把風扇調到大檔，其實下過雨後，這個號稱火爐的山城並不太熱，

「怎麼回事？」

「你說怎麼回事？」我反問道。

「我對六指不感興趣。」丈夫移了移一旁的椅子說，「我問你這幾天是怎麼回事？」

我吃不下去，收了菜，獨自到廚房洗起碗來。我心不在焉，玻璃杯便從手裡滑落，掉在地上，摔成幾片。

我逐漸回到少女時代照鏡子的心情，更早一點，七、八歲。那時，我尤其喜歡對著櫥窗或者沒有一絲漣漪的水，看自己瘦骨嶙峋的模樣。扶著木梯上樓時，我注意到自己竟穿了一件淡藍花配嫩黃色的半長袖的連衣裙，這裙子很久不穿了，是我嫌它式樣別緻色彩鮮豔，走在街上，太引人注目了。

雨像紡紗機上的絲線，掛在一所由古廟改成的小學的屋檐外。其實除了小學大門還留有古廟的飛檐畫棟，裡面古廟的形狀所剩無幾，念經房改建成兩層樓的教室，禮堂還在，水泥、石頭搭成的臺子，牆上掛著偉大領袖的畫像。領袖語錄：好好學習，天天向上，立在畫像左右兩側。

無室內操場，課間操改為每班自行活動。

就是說下面兩節語文課，肯定是寫作文了，向「十・一」獻禮。坐在倒數第三排靠窗的任天水同學這麼理解。坐在他左邊的女孩正望著窗外的雨出神。班主任的目光朝這邊掃來，她戴著白框眼鏡，鼻子生得很尖，個子小巧，和學校所有的老師一樣的髮型：齊耳垂的媽媽式。任天水用胳膊輕輕碰了碰他的同桌。

我和丈夫喜歡傍晚去買菜，菜種類依舊，人卻少多了，而且買完菜之後，可去江邊散步。自由市場透明的遮雨篷搭建在傾斜的山坡上，像怪龍長長的身子。

「喲，這市場真是豐富！」六指穿了件白襯衣，衣服是老式的領，小了點，繃得緊緊的。他的模樣很靦腆，臉那麼白淨，像是生了一場病似的。

丈夫剛走開，說去書攤買份晚報。但六指看到我的神態不像對我別有用心另有所圖，甚至一點羅曼蒂克的調子也沒有，彷彿我是他的妹妹，他是我的哥哥。可我不自在起來，感到臉在發燙。太糟糕，我對自己說，怎麼像小姑娘。這個年輕人我只見過一次，僅通過一次電話。

六指要幫我拎兩塑料袋蕃茄辣椒冬瓜，我說，這不重。我們走到一個正待拆建的廢樓房旁。「很清靜，這地方不錯，聽不見殺豬的聲音。」六指說著，目光越過斷牆，望著江水伸延而成的溝谷邊上那個屠宰場。

「我很對不起你，六指。」將兩塑料袋菜放在地上，我說。

「你沒有對不起我。」

我的意思是昨晚我沒去。其實我昨晚一直想去，實際上丈夫去開會，但丈夫的影子總在眼前晃動，使我感到自己像個賊，負心人。

看來六指昨晚一定等了我很久。昨晚天上的月亮，又圓又冷，像個大白玉盤。

「嘿，蘇菡，別那麼對自己過意不去。我給你帶來一樣東西，保你喜歡極了。」他的左手伸進褲袋裡，說，「猜猜看。」

「我猜不著。」我耍賴，為了想早些看到。

他的手剛伸出攤開，我便把那東西抓了過來：一隻小銅貓正眯著眼睛，身體盤成一團，憨態可掬，不過貓的身上黑黑紅紅的，像被什麼東西熏過，但反而添了不少韻味。

我聽見丈夫生氣的聲音：說好了在冬瓜攤等我，卻跑到這地方傻痴痴呆站著，你看看這是你待的地方嗎？讓我找了好久！

我四下打量了幾眼——坍塌的鐵門像雙臂一樣無力地張開，傾圮的樓房前有個水池，石山縫裡一棵黃桷樹已經乾枯，只有一個枝丫還掛有幾片樹葉，池子裡漂著厚厚一層浮萍，除了池水有股霉爛味，我看不出來這地方有哪點不好。

我默默地和丈夫走著。

渡船剛靠岸，旅客穿行在我和丈夫之間，賣茶水和水果的小販在收攤。夕陽把最後一抹光芒投在我手裡的銅貓上，我將牠放入包裡，快步上石階，從丈夫手裡取過一個裝滿菜的塑料袋。

「你不是不可以在市中區分到一間房子，幹嗎要住南岸？房子雖然寬敞一些，但破舊不堪，辦什麼事都要過江過水的。」

「圖清靜，而且依山傍水，風景空氣都好，」

「現在好多事都靠交際，」丈夫說，「你太老實善良了。」

「既然老實善良都成了我的缺點，那麼，你找個不老實的老婆不更好嗎？」

丈夫剛拐進砌有碎石子的傾斜小路，像不認識我似的回過頭來瞧著我，因為從認識他到現在為止，我是第一次對他這樣說話。

體操房裡傳來單調的聲音：下一個，重來，彈起，翻……爬在窗邊看熱鬧的小腦袋，不是紅小兵，當然夠不上進體操隊的格了，不過看著那潔白柔軟的墊子，一身藍藍的運動服，想著自己也像燕子一樣翻飛，心裡也甜甜的。

學生用的廁所在體操房的左上端，間隔九、十米長的石梯，一個梳兩條小辮的女孩提著褲子，慌慌張張跑出來，正遇到任天水經過，她上氣不接下氣說，「有紅爪爪。」

廁所裡面傳來轟堂大笑，一群女學生背著書包跑出來，興奮地把一個書包扔在地上，齊聲叫道：「蘇菡被紅爪爪摸了！」「蘇菡被摸了屁股！」

任天水走過去，拾起書包，拉著女孩的手，過了圓門，爬上吱嘎響的木樓梯，一個小山坡，正好在學校的圍牆邊，那兒有一棵抓癢樹。十一歲的任天水手在樹上劃了一下，樹就一陣搖晃，他對女孩說，以後膽子放大點，別讓人總欺侮你。他一說，女孩的眼淚就滾了下來。

別哭，別哭，我帶你去苗圃，摘桑葚。

女孩頭一回發現，這個與自己已同桌三年的任天水，竟那麼多話。他成績好，但他從未評上五好學生。每次小組意見都是說他集體主義精神不強，團結同學不夠。女孩在這個下午才知道，五年級那個漂亮的數學老師就是任天水的母親。

任天水從書包裡拿出一支笛子，他神情憂鬱，但手指真靈活，變化出悠揚美妙的聲音。她覺得遠遠近近的鳥，都朝他們飛來。

風一會止，一會猛吹，天色變來變去。

寫作累了，我喜歡一人去江邊廢棄的纜車走走，看江上往來不息的船，對岸隱隱約約的樓房，雲遮起來時，船的一聲聲呼喊，和我的心境很合拍。

丈夫指著我的寫字臺上的銅貓，嘲笑道：你從哪裡把它揀回來？

你說揀回來？我重複一句。

這種破銅爛鐵，要知你還當個寶似的，我就不多事，把它賣給收舊報紙舊衣服的老太太了。難怪六指把銅貓送我時，我覺得有點眼熟，而且這銅貓生有年代久了的綠色鏽斑。我想不起是怎麼回事。

那束從江邊採來的野花撒了一過道，我像沒看見一樣，走入臥室，關起門來，讓自己靜一靜。

「你根本不聽人勸，」丈夫手裡拿著一疊稿子門也不敲就走進來，「居然把這樣一個小說的女主人公叫自己的名字。」他把小說稿放在床邊，「你這是種暴露癖。」我是第一次聽到這樣的宣判。

我說，你看我的小說，起碼應先徵求一下我的同意。

他眉毛跳了跳。我沒發火，但他不明白我是多麼不想說這句話。以往他也是對我的小說挑骨揀刺的，對此，我談不上不樂意。但在這個下午，我突然感覺到自己多麼可憐，或許丈夫太愛我一點了，或許他愛我的方式，讓我承受不了。

帶上門，丈夫下樓去了，他的心情肯定和我一樣糟，腳步落在樓梯上，一聲一聲，聽起來沉甸甸的。

我嘆了口長氣，倚靠床頭，拿起寫了一半的小說《水與火的豎琴》。房間光線太暗，我扭亮檯燈。

敲門聲響了起來，丈夫這次倒知道要敲門，但他幹嗎不讓我有片刻清靜的時候。我說，門開著，請進吧！門被輕輕推開，可沒有人進來，於是，我抬起頭，我怔住了：六指站在門口。

他說，蘇菡，我正好路過這兒，便想來看看你。他手裡拿著一束藍色的野花。他真好，把過道裡的花都拾了起來。

接過花，我一邊讓他進屋，一邊說，「我有一個感覺，你一直在我的房外，對不對？」

他看著我，微笑。罩在我心上那股黯淡濃郁的霉味一下便消散了。

他走到窗前，窗外是一片小竹林。他藍盈盈的眼睛在竹林上停留了很長一段時間，轉過頭來，正好對著床前我和丈夫的結婚照，「你丈夫長得很英俊，」他說，「蘇菡，不過真沒想到你穿起白紗裙這麼美！」

但他的話，在我聽來，彷彿在問：蘇菡，你快樂嗎？在這之前從沒人這麼問過我，我的眼裡含著淚，我不會讓它湧出來的。如果照片上的新郎是六指，或許我的生活完全不同。這個念頭冒出後，嚇了我一跳，這是根本不可能的，起碼在跟男性的關係上，我比較傳統。但我的心卻不那麼疼痛了。

我機械性地拿起梳妝臺上的花瓶，往樓下廚房走去，想盛些水，插那束野花。

班主任孫國英習慣性地推了推眼鏡，抽出一疊作文本的倒數第二本，翻開。她拿起刷子，在黑板上刷著，粉筆灰灑了她一袖子，「我讓同學們看看慶祝國慶的作文應該怎樣寫。」

這個星期三下午最後兩節語文課，蘇菡耳朵嗡嗡響，和遠處音樂教室傳來的風琴聲纏成一團。於是，她換了換交叉在課桌上放得規規矩矩的雙臂。

下課後，當任天水將凳子倒扣在桌子上，蘇菡才想起，這天該他倆做清潔值日。她將書包放回抽屜。

黑板上是孫老師漂亮的板書：乘著批林批孔的東風……形勢一片大好，越來越好……孫老師竟把蘇菡從報上抄來的文字當成了樣本，讓全班學習，還得了「優」。

蘇菡不想看黑板，她感到羞愧，低頭掃著地。管值日的清潔委員李忠于跑了進來，說他等不了蘇菡任天水做完清潔，能不能先走一步？教室外正等著三個同學，準是去什麼地方玩滑輪車。

任天水放下掃帚，過去接了李忠于手裡的教室鑰匙。蘇菡細聲細氣說，地都快掃完了，就差抹桌子凳子了。她的意思是讓任天水把鑰匙趕快還給李忠于。但任天水傻傻地笑了笑，便彎身繼續掃地了。

我聽見房門鑰匙響，忙將花瓶擱在冰箱上，心想，丈夫什麼時候出去了？

這次六指必然會和丈夫碰頭了，看來我最不願意發生的事不可避免了。丈夫拿著垃圾筒，他去江邊倒垃圾。

我的神情一定顯得很慌張，我從不會掩飾。

丈夫馬上就感覺到了，問我怎麼回事？

我直說沒事，沒事。

他扔下垃圾筒，走上樓梯，朝書房兼客廳看了看，然後，往臥室走去，我緊跟在他的後面。臥室已空無一人，甚至連六指坐在椅子布墊上的摺皺也被撫平了。我的心輕鬆下來。

丈夫氣惱地走入客廳，坐在沙發上，劃燃一根火柴，抽起煙來。

雨劈哩啪啦擊打著窗框，我去關窗，卻瞧見六指站在竹林旁的碎石塊小路上，向我招手。我向六指作手勢，雨點打在我臉上。「要關窗就快點，雨水都濺到我身上了。」丈夫不耐煩地說。

窗關上了，怕被丈夫看見六指似的，我拉上窗帘。天已經很晚。雷聲陣陣，狂風兇猛。六指會淋壞的，這麼大的雨！

我下樓拿了一把傘，走到門口。丈夫突然閃到我的身後，問：這麼大的雨，你去哪兒？

不，不去哪兒。我竟不知道怎麼撒謊。

丈夫拿過我的傘，說，你睏不睏，反正我睏壞了，明天我還要去上班呢。

每天早自習，班主任老師孫國英都不來，由班長帶讀毛主席語錄。翻到昨天結束的一段：凡是反動的東西，你不打，他就不倒。這也和掃地一樣，掃帚不到，灰塵照例不會自己跑掉。班長用鉛筆作過記號。就在這刻，班主任孫老師走進教室，表情嚴肅。班長拿著毛主席語錄離開講臺坐回自己位置去了。

三個白衣紅徽章紮皮帶挎手槍的公安人員與校工宣隊的兩個師傅走進教室，四年級二班的同學這才注意到黑板用發黃的水泥紙封得死死的。

孫老師和一個年齡稍長一點的公安人員說了聲什麼，那人點點頭。孫老師走上講臺的臺階，仔細揭去用漿糊粘住的水泥紙——黑板上不就是孫老師昨天下午寫的作文範本，黑底白字，清清楚楚：

……在這偉大節日到來之際，我們怎能忘記臺灣人民，我們一定要解放祖國寶島，臺灣人民還處於水深火熱的深淵之中，過著牛馬不如的生活……

這是我寫的。蘇菡想，我背都背得出來。嗯，怎麼忘了擦黑板了？她記得是擦了黑板的，打掃教室衛生，黑板不擦，清潔委員的小冊子上也會記上一個「差」。

「同學們再仔細看看。」孫老師的聲音在說。大概是沒有一個同學搞明白了是怎麼回事，呆頭呆腦地瞅著黑板，眼睛充滿疑惑。

蘇菡順著班主任孫老師的手的指引：

……我們一定要解放祖國寶島臺灣。人民還處於水深火熱的深淵之中，……

蘇菡終於看清了，那個逗號，成了句號。而且移動了位置。

這又有什麼不一樣呢？只不過變了一個標點符號，但班主任孫老師已經肯定了這句話的性質：「這起反標，可以說是建國以來階級敵人對我們偉大的黨、偉大的人民、偉大的祖國最露骨的攻擊和狠毒的破壞，而且選在國慶節前夕，可見其蓄謀已久，罪惡昭著。」

這幾年常出現這種事，但很少追查到底。校門口、廁所也出現過反標，學校也緊張過，搜查書包，對筆跡，但都沒有像這次這麼聲勢浩大，教室外站著校長、政工人員，學校所在街道的幾個戶籍，全是熟面孔，氣氛陰森可怕。蘇菡臉都嚇白了。

「蘇菡！」她聽孫老師這麼一叫，騰地一下就從座位上站了起來。「昨天是你和任天水做的清潔衛生，剛才李忠于說了他把鑰匙交給你們，」孫老師說，「回憶回憶，誰最後離開教室的？」

「我們一塊走的。」蘇菡眼睛低垂，她不敢看班主任。

「鑰匙是在任天水同學手裡，是不是？」孫老師將黑板刷在講臺的課桌上拍了一下，聲音並不大，但蘇菡渾身直打哆嗦。「太清楚了，蘇菡，是不是任天水幹的？只有他有教室鑰匙。」許多年後蘇菡想，班主任孫國英自然也有鑰匙，而且要進入四年級二班教室真是太容易了，從門上的天窗爬入，踩在門把上，輕輕一跳就在教室裡了，班上好多同學忘了書包本子什麼的，都這麼做，況且，那個「，」和「。」的變換，更不用說有多容易，可能誰粉筆一揚或不小心一抹，就成了那個樣子。

「說呀，蘇菡，」走近自己的班主任語氣很溫和，可這比厲聲逼問更使她恐懼，她發現孫老師笑起來的樣子真嚇人。

「不……是他！」

當任天水被帶離教室的時候，蘇菡還未完全反應過來，她弄不明白，自己怎會成了任天水寫反標的證人？她是嚇壞了，「不……是他！」這句話的「不」與「是他」間隔太遠，班主任孫老師離她最近，應該聽清的呀，自然任天水也是聽清了的。

「同學們，」站在講臺上的孫國英老師說，「任天水的反革命罪行不是偶然的，你們聽他交上來的作文，全是放毒」：

老師說國慶二十四週年的節日快到了，讓我們寫作文。每逢佳節倍思親。我想啊想，我天天和爸爸媽媽在一起，我愛他們。但我長這麼大，還從來沒有見過爺爺奶奶、外婆外公。有一天，我問媽媽。媽媽說，爺爺奶奶在你生下來的時候就在鄉下去世了。我算了算，不是一九六一年嗎，怎麼死的呢？爸爸說我的兒子和我一樣，喜歡打破砂鍋問到底，爸爸難過地說，爺爺奶奶在鄉下沒飯吃餓死的。

我相信爸爸的話，學校總讓我們參加附近生產隊的憶苦思甜會，吃又苦又澀的野菜湯，我吃不下去，但一想到爺爺奶奶連野菜湯都吃不到，我一大碗就喝下去了。那麼外婆外公呢？爸爸媽媽不說話了。真是太奇怪了。夜裡聽見媽媽對爸爸說：我爸爸媽媽一去美國二十三年，也沒音訊，恐怕難以生還。媽媽還哭了。

我明白了，外婆外公難以生還，是說他們也像爺爺奶奶一樣死了嗎？我才不信呢，我長大一定要去找他們，我們在「十・一」國慶節團圓，這多好啊！

太陽的餘光使我身上的紫色布裙變得很淡、很柔和，跟這城市氣候最好時天空的顏色一樣。但我和丈夫臉上都像掛了一堵牆，家裡像無人似的安靜，只有吹風機的嗚嗚聲在響。我剛洗過頭髮。

丈夫走了過來，說，「我來幫你。」他臉上的牆出現一扇打開的門，「我們好好談談，行嗎？」

如果你一直是這種態度對我就好了。我把吹風機和梳子遞給他。

他一邊吹我的頭髮，一邊說，雜誌社剛開過會，傳達中宣部關於調整文藝方針的文件，要收縮了，糾正思想，報紙出版社雜誌社屬第一波整頓。我拔掉電插頭，對他說：你有什麼話直講行不行？吹風機停了之後，房間是真的靜極了。

那好，你別生氣。我看了你的小說，又沒經過你的同意。小說結局能不能改改？

我用一條花手絹把披散在肩上的頭髮束起來。

你寫的那個班主任，她和任天水的父母在文革前有仇，任的母親在五十年代是特級教師，而她評不上。在文革最鬧騰時期她沒報復，是她身體不好，一直生病，而任的父母有海外關係，做人小心翼翼，甚至躲到偏遠的小鎮去。還有一個原因，長相平庸的女人嫉恨漂亮女人。這樣的安排以及心理都寫得很好。

丈夫已坐在我對面的沙發上，抽著煙，不讓我有插話的機會：「那句反標，絕非一個小學四年級學生所為，是有幕後黑手，受人教唆，當然是父母。對這樣的現行反革命嫌疑犯，公安局豈肯輕饒，迅速查出任天水的外婆外公一九四九年不是去了美國，而是逃到臺灣。這樣的寫法也很有意思。」

「你既然在談我的小說，那也得聽我說話。」

「你先聽我說完，行嗎？」丈夫熄掉煙，「我是編輯，天天看的稿有一打，什麼樣的小說題材沒見過？但你是我的妻子，那就不一樣了。」

「你不用說，我都懂。」我平靜地說，他心裡有氣，我幾天不理他，或許應說他有理由。

「你不就是反對小說結局：任天水的父母被抓起來，關在學校頂樓的黑房子裡，讓小小的任天水去送飯。你別心裡有鬼，我不是寫你，盡管你父母也被關起來過，你也送過飯送過水，但你們一家人現在不都活得好好的嗎？」真是好了傷疤忘了痛。

「你這就明白了。」丈夫臉上終於出現了笑容，「請問，我天才的小說家，你的小說越寫越瘋狂，居然把你筆下的任天水父母置於一場大火中，甚至連送飯的任天水也不放過，他人小，力氣小，喊叫沒人應，打不爛鎖住的門，看著父母被火活活吞滅，而不逃走，情願自己也被火吞滅。這未免太殘酷了吧？」

「文革有比這更殘酷的事。」我說。

「但不必照實去寫。你筆下的班主任孫國英，哦，你了不起，用了真名，現在爬上區教育局局長的位置。萬一上法庭，你有足夠證據？」

同名的人多著呢？我感到自己根本不是丈夫的爭論對手。

丈夫又笑了，「悠著點！傷痕文學題材早已過時。這篇文字略顯平實，無助你的文名。還是寫點輕靈淡雅的，詩意一些的。」他的手指敲著沙發，好像這樁事情已經不必多議似的。

他轉了話題：「我還想早一天當父親。」

我再也坐不住了，目光觸到桌上的銅貓，我把牠拿在手裡，站起身來。

丈夫看到我的臉色，許久沒吱聲。

「行了行了，你寫你的，」丈夫懇切地說，「但至少答應我別直接點人名，把這個小說的結尾改得模糊一些，這起碼的要求總是可以做到的吧？」

「不，——」我冷靜地說，「我這篇小說不是作為藝術來欣賞的。最多不發表。但如果有雜誌膽子大不怕事，敢登，我就願意承擔後果。」丈夫沒再說話，我也沒說話。時間彷彿隔了一會兒，可能相距很長。我的手在銅貓的尾巴上移動，神思恍惚，我對丈夫說：這銅貓像是被火燒過？

「給你說了半天也等於零。成天火、火、火，有了沒了？不就你小時遇見過一場大火嗎？」

「我遇見過一場大火？」我說，連我自己都不知道，你怎麼知道？

丈夫不以為然地說，你小時住的那個地區發生過一場特大的火災，燒死了一對夫妻，好像還有一個孩子。我跟著救火隊跑了一個多小時，跑去看熱鬧。你手裡這個破爛就是我在那場火撲滅後拾到的。

那是什麼時候？我的聲音嘶啞而無力。

好像是一個國慶節，嗯，國慶節後吧。我記不得了。丈夫起身，打了個呵欠說，今天看來說不通你，瞧著，我明天會接著說的，這是為你好。他進了臥室。

滿城的焰火，天空被描得色彩斑斕，一塊一塊，一團一團，江上的汽笛齊鳴，對岸港口綻開了所有的霓虹燈，解放碑也燈火輝煌，矗立在群樓之中。夜山城，毫無倦意地歡騰著，爆竹從小巷、街口炸入天空，射向黑暗，偶爾落下一些小禮物來，絢麗的光亮，不斷映出孩子們穿著新衣奔來奔去的身影。

我無法入睡。我的眼前總晃過六指的模樣，已有好幾天不見他了。但我感覺到他似乎就在離我不遠的地方，只要我去找他，我就可以見到他。

清晨，我走出門。濃霧遮住了房屋、樹、街道，遠處的山巒更是白茫茫一片。我沿著石子鋪成的小路慢慢走入霧中。小路上灑滿了夜裡爆竹紙屑，厚厚的一層。

寬的石階，窄的石階，上上下下，交叉迂迴在低矮和高聳在山腰的房子之間，發黑的舊木板漏著縫，我小心翼翼，以免走偏了踩到路邊房子的屋頂。這時，我聽到了水聲，和江水拍打岸的聲音不同，潺潺的，像樂曲。順著水聲，我穿過橋，向上爬石梯。石梯右旁是峭岩，左邊長滿了粉紅色的夾竹桃，霧在朝山下退，退得很慢。

六指好像在石梯頂端站著，如那個雨夜他向我招手一樣。霧散盡。我的辮子不知什麼時候鬆開了。霧氣濕透的頭髮、衣裙滴著水珠。我發現自己置身於一所臨江靠半山腰的地方：一個大操場在路的下面，一個小操場在路的上面，成階梯狀。操場邊上大多是新蓋的四五層樓高的房子。我四下看了看，徑直朝小操場的臺階走去。兩個籃球架在操場兩端，靠近圍牆的一端有個沙坑。這是一個學校？我繞過沙坑，沿著圍牆走，見一扇門，便推開，走了進去。

大概是節日，學校放假，所以安靜極了，幾隻麻雀從屋檐飛出，幾乎擦著我的頭。我漫無目的地東張西望。在一座殘留著八個圓柱支撐的兩層樓的建築物前，我停了下來。被截斷的部分，木柱和磚有著比我的銅貓身上還深厚的黑印記，微風裡竟有一股嗆人的氣味。旁邊的泡桐樹齊腰，三個雙槓一個高低槓立在空地上，那麼單調。我走下長滿青苔的一排石階，湊近緊閉的門：裡面黑黝黝的，似乎放了一些爛課桌椅凳和鋤頭掃帚之類的東西，灰塵沾了我一臉。

「來呀，蘇菡。」我聽見六指的聲音。

我走上這幢殘樓吱嘎響的木梯，停在欄杆前，順著聲音望去：站在江邊的六指，人影顯得很小，他手裡拿著一片潔淨的扁扁的小石塊，「來呀，蘇菡，你不是最喜歡打水漂，我們一起來玩！」

我感到腳步沉重起來，我在朝誰走去？我在朝什麼地方走去？難道心，是由於破碎了才那麼鮮亮？

「你總是打得比我遠，漂出的聲音比我吹的笛子還好聽！」六指在說。

我想朝他背轉過身，但我辦不到。

接過他手心裡的小石片，我真真切切看清了：他的右手大拇指分叉出一個拇指，整個手掌黑糊糊的，燒焦了。石片一下從我手裡掉出，卻並未沉入江裡，而是在波浪上彈琴般跳躍著。濺起的水花像噴泉一樣漂亮。水模糊了我的雙眼，我看不清，只感覺到石片仍在一點點彈遠，然後，飛了起來。

——一九九五年三月十一～十三日《中央日報》副刊獲第七屆小說獎

附錄：才氣與功力兼美——朱西甯

小說重點在表達公報私仇「文字獄」整肅批鬥的殘酷悲劇。這種文字獄只許中國文字始有的特質，甚至僅以句讀——標點符號的移位或改動，文意即作另解，可以為趣談，也可以構成誣陷。歷史掌故不乏此例。

作者以「魂靈」的隱現，具象化的陳出心靈背負的意識湧潛；以小說中的小說明示，點撥一場悲劇餘音繚繞不絕；並將本事打散，技巧的重新串成一副閃爍絢爛的項鍊飾物；是如此充分的運作曚曨、神秘、絪縕、反覆變奏，譜出如「賦格」曲體的重疊、盤桓、周而復始，而至繾綣無盡。應屬一闋動人肺腑的悲歌哀曲。

六指，以幽靈之姿一再的出現，似是任天水又不似。一如似是現實人物又不似。此足表現蘇菡長久歲月的情何以堪之結，已如影隨形，無分現實與超現實，有意無意俱都揮之不去；其夫所見責的「火情結」，實與六指二而一、一而二，無何區隔。六指的六個指頭，在小說中並不涉及若何事物或情節，故而僅屬一種標記、一個符號。同為評選者的齊邦媛和青年作家又是教授的張大春先生，也都對「六指」這個標記符號有所詮釋，第六指是個不必要的、無用的、多餘的存在。而「火情結」則已是蘇菡潛意識中生根結實的存在，就像「意亂情迷」影片中，幼時親見弟弟自樓梯滾下致死，留下終生負罪的「條紋情結」。作者於此不很自覺的作了一番深刻的精神分析而不落言詮。同時也加重了一場悲劇所波及的不止於受害者的分量，周遭被濺灑到的人物，並不因間接受害或一時的惻隱，所負荷的罪孽感就只是過眼煙雲；正相反，悲劇中的亡者已終結了悲劇，無期徒刑實際較比死刑還重。

作者經營這篇小說，憑恃才氣固不消說，所展現的功力才更其重要。設若作者僅就其所掌握的材料，依於本事一本一實的描述而成，一般的也還是不失為佳構。然而那樣只不過是篇紀實報導，雖非人人可為，卻必千篇一律；然則其創性何在？風格何在？藝術何在？而「六指」之珍貴復何在？

「六指」之珍貴更還在非如此經營，不足以彰顯「不計舊惡」的胸懷——作者冷冷靜靜不動聲色的描述，無激情、無虛誇、無渲染，舊恨陳冤可以溫馨有情視之，情感的掌握和處理俱稱上策。

——一九九五年三月十一日《中央日報》

玉米的咒語

我們相遇在七月。我又找到了你，但那個七月已無法重複。

——奧維德「變形記」

玉米地漸漸溶化在暮色裡，穗子從葉中露出來，高低不一地搖擺著，不時裹著風噓噓的聲音，整齊而有節奏，從她的耳邊襲過。

槍聲之後，這平靜顯得十分怪異。她眼睛正盯著被子彈洞穿的一片玉米葉子焦糊的小口。第一次經歷這樣的真實戰爭，恐懼使她雙腿發軟，但一支她熟悉的曲子卻總是回到她的腦中，低沉而頑強。

不可思議的傍晚。太陽落入雲的城堡，把城牆燒得透紅，玉米地轉為一種柔順、溫情的記憶，切開她繃緊的神經。她盤腿坐在地上，頭上那頂淺灰色的軍帽不知掉在何處，短髮蓬鬆零亂，幾乎遮住她的眼睛，但沒能遮住她臉上的酒窩。此時此刻，她阻止自己去想下一步該如何辦。

（筆記本密密麻麻，已快寫完，蕭隱擔心地數了一下究竟還剩幾頁白紙。）

從地上站起來，她撥開面前的幾株玉米，可什麼也瞧不見，疊疊叢叢的玉米，一層又一層地擋住她的視線，看不到通向世界的任何路徑。她重新坐下，唯一能做的似乎是等待，等待夜色更加濃郁地覆蓋他們，覆蓋令人心驚膽戰的時間。

尖利的號聲響起。緊急集合起來的隊伍接到命令：必須在天黑之前疏散，讓敵軍撲空。騎著馬的通信員上上下下來回報告，說敵軍已經越過了平三莊，離杏莊已不到十里路遠。

太陽冒著紅通通的火焰。緊張的氣氛瀰漫了杏莊的每個角落。驢子在叫、馬在嘶鳴，而蚊蟲依然嗡嗡響，往人身上猛叮。

女作家蕭隱與江南魯迅文學院的隊伍一起，跟著隊長何立德撤退。敵人來得太快，槍聲不久把疏散的隊伍逼散了。何立德小腿掛彩時，蕭隱正在他的身邊，她趕緊扶著他，把他拉進玉米地裡。

槍聲漸漸地稀疏了，只是還有吆喝聲夾著急促的腳步，一句句罵喊，隨著追剿的日偽軍向山坳裡消失。

可笑的是，蕭隱的背包裡，什麼都沒有帶，只有幾本筆記，她寫了半年的一篇小說手稿。

她的一生似乎永遠面對這一類難題。現在是應該離開他把他留給村裡的老鄉照管，還是陪他留在這兒不去找隊伍？

風從西邊一路殺過來，沙沙聲掠過玉米地，搧起薊草特殊的清香，玉米稈壓倒了一片，割人的葉片，綠得正濃，伸向玉米稈不同方向的玉米穗，有的淺紅，有的純白，每一株玉米都比人高出半頭。

他背對著她。蒼天之下，廣袤無邊的玉米地，彷彿就她一個人。恐懼加上孤獨，在一遍遍重複這沙沙的風聲，野草的氣息，她明白自己並不懼怕死亡，而是懼怕選擇。

幼小的玉米棒子正待灌漿，晶瑩，充滿誘惑。蕭隱肚子咕咕地叫著。她站起來，扯下一個小玉米，遞給何立德。然後她自己又扯下一個，剝著一堆嫩白生生的玉米粒，二人貪婪地嚼了一頓。

蕭隱把未吃完的玉米粒握在手裡、捏著，乳白色的汁液流了出來，她的手漿漿的、粘粘的，極不舒服，但又像在重溫一種很愜意的感覺。

難道她蕭隱依然是那個天真浪漫不諳世事的小女孩？這場突然降臨的撤退，把她和何立德拋在這沈寂的玉米地裡，拋向這凶光血污之中的一塊淨地。就算是這樣，她為什麼那麼心神不安？她似乎還和首長、同志在一起。

蕭隱把自己的背包給何立德作枕頭，讓他躺下。她摸著背包裡的小說，這現實越來越像她小說中的想像，越來越靠近她編造的情節。恐懼突然又抓住她，使她雙腿發顫。

小說真的要這樣往下寫嗎？她問自己。

她躺在傾倒在地的玉米稈上，睡了一會就醒了。陽光離她很近，刺眼地晃動著，使她趕快閉上眼睛。

連連打了兩個呵欠，她動了一動身體，想睜開眼睛，露水打濕的頭髮粘在臉上。但一想到他，不知他情況如何，擔心似乎使她有勁坐起來，她一隻手擋住早晨發亮的天光，另一隻手揉著眼睛。

玉米穗子垂著鬚，隨風舞蹈，那麼哆嗦、可憐、不自然。

他正仰著頭，對著一株株玉米間晶瑩碧藍的天空發呆。他的雙手交叉抱在腦袋，臉發青。說不準，他是在等她醒來，還是在傾聽那撲向玉米地惡狠狠的風聲。

她問：「隊長，好點了嗎？」

他點點頭，神情鬱悶，口氣卻異常嚴肅：「我再重複一次命令，你不用管我了，去找隊伍吧！」

她不回答，沈默一會兒之後，她看著他的眼睛溫和地說：「我們會一起找到隊伍的。」

她掉轉過頭，順手扳倒一株玉米，那金黃的雄蕊柔弱地垂向雜草的泥地，喪氣地叭嗒著頭，掛在另一節強悍的枝稈上。薊草發著難聞的氣味，湧入她的身體，她感到悶熱頭暈。她努力回憶第一次聽到他作的鋼琴協奏曲時的感覺，那曲子是清澈的水，一隻隻飛來飛去的鳥，是一種徹骨的觸動，靜靜地啟開她關閉的心，她頓時感到了自己那顆心在輕輕地哼唱起來，回應著那奇特的旋律。淚水從她的眼睛裡流了出來。

蕭隱用手擋開一株株玉米，深一腳淺一腳地找回到一片被壓倒的玉米稈的遮掩地。

何立德正拿著她的小說在讀。他不停地用手捂住嘴咳嗽。

蕭隱一聲不響地走到何立德面前，說：「把筆記本還給我吧，隊長。」

她的語句冷冰冰的。何立德看了看她，默默地把筆記本遞了過去。

她不願意讓何立德看到小說手稿中女主人翁那份理不清道不盡的感情。

何立德說：「我不知道你小說寫得這麼好。」他滿臉微笑，笑得不太自然，「兒女情長的。」蕭隱臉一下子漲得通紅，她知道這批評早晚會來的。在這時刻，她不能忍受這個批評，她一改平常溫柔的嗓音，幾乎是惱怒地喊起來：

「那是小說！」

何立德瞧了瞧她，收住了笑容。「我說的就是小說。」一陣猛烈的咳嗽使他停住了繼續說話。

蕭隱想，你什麼都不懂，只會批評。女主人公會成長為一名戰士的，只要往下寫，她就成熟了。

他們相逢在烽火告急的年月。

多年前，在上海救亡演出團，她站在合唱隊裡高聲唱著他作曲、填詞的歌，全國那時都在唱這歌。藝術是這個人的魔力，他能用藝術感動全國民眾。他是她心中的英雄。歌聲使她雙眼噙著淚水，視線模糊。

他站在對面一級臺階上，正在專注地指揮著演出團的合唱。

望著他瀟灑地揮動的手臂，她心想，演出一結束，她就要朝他奔過去。

她想起就是在那天，他送她回家的路上，第一次吻了她。那個吻雖然落在她的額頭，卻深深烙印於她的心坎。離那十字路口不遠的拐彎處，黑暗之中，他一直目送她敲開自己家的門，才轉身離去。

在上海救亡演出團裡，她這個女學生並不引人注目。他身邊漂亮的女明星多得很。那是個英雄崇拜的年月。

曾多少次領略這樣的微笑？他的手緊緊抓住她。深陷的眼窩裡，那束光漸漸變得強烈，使她無法站穩。那時她和他，是被多少人嫉妒的一對。她感到自己幸運極了。

外灘、外白渡橋留有他和她的身影。他穿著長衫，圍著一條黑圍巾。他們談抗日，他鼓動她跟自己一起離開這個城市，到敵後參加游擊隊去。他個頭比她高許多，三十多歲，充滿了朝氣。

她回答他，她要想一想。她知道他有妻室，老婆在鄉下。但革命兩字像磁針吸住她，她知道去革命就是跟著他走。他說他自己正在構思一支進行曲，一支支隊伍會唱著這支歌衝鋒陷陣。

她和他慢慢走在空無一人的街上。在他臨時租來的閣樓下，他們停住了腳步，里弄裡每扇窗都熄滅了燈，天似乎永遠都那麼灰濛濛，看不到一絲亮光。他沒有邀她上樓，而是建議送她回去，他說，像在讀一首詩，黎明就要來臨，黎明將露出燦爛的笑容。

她依偎著他，很興奮。什麼都談，就不必談愛情。遠遠地她的家出現在他們的視線裡，他們抱在一起，接吻告別，但她感到他們是在為共同的理想接吻。

她搖了搖頭，心一陣抽搐。革命啊革命，是在刀尖上行走，是在血裡游泳，要麼淹死，要麼得到一切。

天氣變得悶熱，彷彿太陽所有熱量都集中在這塊惶惶不安的玉米地。汗珠沁出蕭隱的額頭、後背，她解開兩顆鈕扣，挽起袖子。

甜甜的汁液流入她的嘴裡。她扔掉手中的一節玉米稈，側過身子，看著黑黑的小蟲子爬在一株往天空生長著的玉米的下端，她皺了皺眉頭。

蕭隱翻了翻硬紙封面的筆記本，然後把筆記本放回背包，她瞥見自己的髮夾落在傾倒的玉米稈間，便拾了起來，重新把髮夾壓在蓬亂的頭髮上。

何立德吃得很少。玉米棒子吃多了，嘴就澀。但他顯然是不想吃東西。這樣下去，即使沒有負傷，身體也難以承受。

看著他不停地咳嗽，臉色慘白，蕭隱心裡越來越害怕。

何立德彷彿看出蕭隱心裡在想什麼，又像安慰又像解釋地說：「一熱一冷我都咳嗽，老毛病了，你知道的。」

從西邊吹過來一陣風，使玉米傾斜著身子往東面倒，那整齊的聲音，在回答何立德的話。蕭隱意識到，她現在完全無可奈何，只能等事情突然變好，或突然變壞，她變得狂躁不安。

蕭隱注意到那株爬有小黑蟲的玉米，葉片黃黃的，有蟲啃過的小洞。她有點慶幸自己沒有在撤退時被槍擊中，我不會死的，那並未停止偶爾響起的槍聲，太平常了。但是，她心裡卻渴望著那種從未有過的體驗，比死亡更驚心動魄的東西，她叫不出這東西的名稱，只盼望它早早來臨。

在根據地，她又見到了他。事實上她就是千里迢迢奔著他去的。但他彷彿變了一個人，長衫換成一身戎裝。她常常來到他的窯洞前，凝視那閃爍不定的煤油燈，那透出窗子的剪影，使她望而卻步。白天工作，夜裡工作，他革命熱情似火，沒有熄滅的時候。她獨自一人踏著冰涼的月光走在彎彎曲曲的小河邊。

當上魯迅藝術院的隊長之後，他更加活躍，幹勁十足，整個根據地到處都可見到他帶著宣傳隊演出的身影，他身旁還會有她的位置嗎？偶爾碰到，他似乎很關心她，問長問短，可再也沒有從前那種微笑，也沒有從前那種充滿理想的接吻。

她注意到他對別的女同志也不太感興趣，革命使她失去了他嗎？但那究竟有什麼不好呢，她得理解自己，才能理解他。

到根據地之後半月不到，她一人坐在離他的窯洞不遠的小河邊，傷心地哭了，淚水鼓起她內心隱藏的力量，使她能夠像別人一樣叫他「隊長」而不發抖。淚水沖淡了她的記憶，那美好特殊的記憶，那些吻，留在外灘的船鳴之中，留在外白渡橋下緩緩流動的河水裡。

何立德又在咳嗽，這一次他咳得很厲害，在玉米稈上彎著身子，幾乎縮成一團。過了良久，他一邊喘氣，一邊說：「你不該留下，是我拖累了你。」他的聲音顯得蒼老無力，充滿了悲傷。

蕭隱慢騰騰地說：「別自怨自艾。」她說自己留在玉米地，和他在一起，只是在盡一個戰士的責任。

半天，二人也未開口說一句話。他們都知道自己沒有說實話。但實話沒法在生活和戰鬥中說。實話只能說在哪兒?

半夜裡，遠處似乎響起一陣激烈的槍炮聲，她聽著、聽著，心裡反覺得親切，而且異常激動。她想與何立德說話，爬到他跟前，他睡著了。她想推醒了他，但手剛伸出，便縮了回去。

蕭隱離何立德幾步遠的地方躺下了，頭的方向與何立德相反。她突然發現，何立德不是睡著了，而是咬著牙，閉上眼睛裝作熟睡的樣子。可能是那傷口又開始痛了，但為什麼不哼出聲來？何立德可能是為了不影響自己睡覺，怕她替他擔心才這麼做的。蕭隱在心裡怪何立德。這個男人現在還保持著最後一點尊嚴，這使她感動，但也使她難過。她覺得他們倆的距離到死也不可能克服。

她再也睡不著覺，瞪著眼睛看著靜靜的黑夜。槍炮聲時時傳來，震得株株玉米直顫抖，風停了。

這時，蕭隱輕輕伸出手去把何立德腰上的手槍抽出來。何立德沒動，讓她取槍。她玩弄著這把冰冷的手槍。她是學員，沒有配備槍，然而槍對她有著特殊的吸引力。

一陣咳嗽聲，使何立德緊緊按住自己的胸部，翻過身來。蕭隱放下槍，跪到他的跟前，她想用手帕輕輕擦拭他臉上的汗珠，但還是把手帕放到何立德手中，讓他自己擦。

蕭隱取下水壺蓋子，扶起何立德，把水壺遞到他唇邊，他本能地張開了嘴。蕭隱慢慢將白天擠玉米稈積下的一點兒水送入他的嘴裡，然後把他放平在玉米稈上。

蓋好水壺，蕭隱抬眼望了一下頭頂的天空，有幾團雲正壓過月亮，朝他們滾過來。但不像要下雨的樣子。

這大約深夜三點鐘左右，蕭隱望著何立德只有發愁。她想，我沒法控制這局勢，我們已落在敵人占領區裡，失去了行動自由。或許，我還能控制我的頭腦，至少在小說中我不會這麼束手無策，這麼被動、無奈。

那是個秋天，那是個推心長談的季節。她曾對他說，她怕鐵絲網，怕封鎖線，怕落在敵人控制的地方。

而他帶著她一直往前走，讓她緊跟在後面。

他們貓著腰潛行，走近那道鐵絲網。

她走得很沈著，即使這時刺刀對著她，她也會這麼勇敢地向前邁動自己的雙腳。前面，沒有樹、沒有風，稀稀落落的野草，還沒長就發黃。

她向前走了一段路。

她看見比人還高半截的鐵絲網，上面生滿鏽。長長的鐵絲網橫過原野，無始無終地立在面前，而背後槍炮聲轟鳴，越來越近，她的耳朵被槍炮聲震得什麼也聽不到了，便用手緊緊捂住耳朵。

淚水從她臉上流了下來。她跌跌撞撞撲向鐵絲網。抓住它，鐵絲網扎破了她的手，血一滴滴流在地上。四周響起達達的馬蹄，很像槍聲，彷佛朝她集中過來，然後一次次散開，一次次響起。她在心裡呼喊，希望他站在身後，吻她的頭髮，抹去她臉上的淚痕。她喜歡他用手輕輕撫摸她的臉。於是，好像聽到她心裡的呼喊，鐵絲網倒下了，她快步走了過去。

晚霞移動在蕭隱身上，刺激著每一株玉米，伸開四肢搖擺自己的身體。她站住，一動不動地注視傍晚時分遠處的田野、群山、天空，而周圍湧來的風，帶來死屍腐爛的惡臭。

——那天晚上，我就是和你在一起的。

——別說，我明白。

淚水在蕭隱眼裡打旋，她往心裡吞了下去。但願風中傳來的這些話是真實的。

堆高的玉米稈，半躺著受傷的何立德，他臉色似乎由於晚霞的緣故變得好看些了。

蕭隱低下頭，把臉轉向何立德，發現他的眼角掛著淚，那麼真實。她心隱隱作痛，他確實哭了，她從來沒想像過他會哭。正在這時，何立德睜了眼。他看見蕭隱正俯下身看他，眼裡含著淚水。

他頓時聲色俱厲地下命令：「行了，現在情況夠明白了，我不可能走得動，你在這兒也幫不了我。」

他用手指著密集的玉米地，像念咒語似地說：「蕭隱同志，服從命令，你趕快去找部隊。」

這一席話說得他氣喘吁吁，蕭隱把他身子翻了一下，讓他睡得舒服些，蕭隱對他的命令乾脆不理睬，使他非常氣餒，他躺下來，嘴裡仍在喃喃地說：「我一個人能堅持，我不想看見你，看見你在這兒難受，去，你走呵，這裡太危險。」

似乎傍晚的玉米地有一種非凡的力量在慫恿他說下去。那無邊無際隨風蕩漾的玉米，還具有一種不可言語的魔法，幫助她沈默，噙著熱淚沈默。

她感到自己在努力地向他靠近，世界都毀滅了，一切都不存在了，就剩下他們倆。她想起自己睡意懵懂之際，忽聽到何立德在說：「可是你從來都沒有擁抱我，你一直拒絕跟我散步，你對我一直很冷淡……」

蕭隱打斷他連串的直問式的話。

「這是小說，」她睜開眼睛，「你大藝術家當然明白，寫的不是你，也不是我，他不叫何立德，她也不叫蕭隱。況且，我沒有在上海唱過你的歌。」

「你唱過！」

「但不是在上海！」蕭隱不想為這個問題與何立德爭執，「隊長，你休息吧！」

蕭隱轉過身，手抬起來，摸了摸自己發燙的臉，她搞不懂，何立德一與自己談小說，為何自己就緊張，想發火，每次她都忍住了，但心裡異常難受，偏偏何立德不明白，還老想說這題目。

她長長嘆了一口氣，不想想下去。

她衝出鐵絲網。

自己唱過的一首歌，刻骨銘心的一首歌在輕輕響起。歌中的他就跟他一模一樣。他伸出了雙臂。她朝他走去。

村口靠近玉米地的兩塊稻田上空，響起一陣密集的槍響。蕭隱已經到玉米地的盡頭。村莊不太相連的房子，在黑森森的天空下顯得更加陰冷可怕。風極涼，冷颼颼的。她雙手抱肩，站在玉米之中。

顯然，剛才那個頭紮白頭巾的老鄉出了差錯，敵人控制著各個路口，老鄉們躲在自己家裡。出門就有生命危險。敵人並沒有撤走的跡象，他們在村裡安營紮寨。

蕭隱推開玉米往回走，夾著硝煙味的風呼嘯著撲過她的耳邊，兩旁的玉米，白色紫色的穗子無力地被颳往一個方向。那穗子在夜間分外醒目，高高在上，一束束白光，冷冷地刺入她的皮膚，掀動在她向前邁的每一個步子裡。

她不由得比較起自己小說中那個男人和眼前的隊長何立德來。整本小說從頭到尾貫穿了那個男人不可抵禦的引導，引導她革命她就革命，引導她戀愛她就戀愛。她想抵擋也無法辦到。眼前這個男子卻落到讓人可憐的地步，而且，正是她最最需要的時候，完全無法提供這種引導。蕭隱想，看來就只能靠我自己來引導自己了。

敵人直撲那兩塊玉米地。槍聲在玉米叢中悶聲地響著，火花透過高低不一的玉米不停地閃爍。她試圖架起他，絕不能在這兒等死，她要活著，她要他活著。而他把手槍取了下來，交到她手裡。

她仍要去扶他：「隊長，讓我們一起走。」可她被他推到一邊，他以命令的口吻在說：

「你把槍還給我。」他比劃著，指著自己的胸膛。

「不，不……」她驚恐地往後退，手裡的手槍似乎極燙，但她不敢扔出去。

他拖著受傷的腿朝她爬了過來，一把抓住了她的手，將手槍輕易地取了過來，然後，扔開他骯髒的軍帽，頂住自己的心口。

蕭隱扔開筆記本，紙早就寫完了，她絕望地坐在何立德身邊，她第一次緊靠他坐著。滿天星光的夜，彷彿在暗示她作某種祈求。那星光雖充滿了天空，卻極其黯淡。何立德發著高燒，開始譫語。

蕭隱聽不太清楚，但她聽懂了某些詞：「開槍，朝這兒……」

蕭隱嚇了一跳：何立德的譫語怎麼會像自己想像的小說結尾一樣。不，不，那太可怕了。

「蕭隱同志，不，小蕭……」何立德咳嗽了兩聲，眼睛仍閉著，似乎還是在夢中，但語句非常清晰：「那是本好小說，你會把小說寫完的，對嗎……？」

眼前的何立德變了，他不再是發號施令的隊長，上級，他只是請求她完成一個任務。蕭隱含著淚點頭，當然，我會寫完的，我們一起寫，重新寫結尾。

敵人圍了上來！就讓他們來吧！這龐大無邊的玉米地還要讓敵人搜一陣子。在他們來到之前，她必須告訴他，從看見他的那個時刻，她的生命便屬於他了。她說，我之所以這麼肯定，是由於這種感情已經苦苦折磨我很久了。

她說我從未夢見其他男人，只有你。

只有你懂得我寫的那個小說，因為你就是他，你至少可以是他。

是寫小說掏空了我的五臟六腑，排除了現實中可能的柔情和愛意，我本早就可以向你傾訴我的一片心……。

在蕭隱清楚自己活著的時候，也就是說，在蕭隱明白自己需要、渴望什麼的時候，那個深情的秋天已經過去了，那勇敢無畏的玉米地也消失了，她感到無法面對小說的任何一個結局。

但她已經沒有時間設想其他可能的結局。

田壟那邊傳來日偽軍搜索的聲音，太陽仍然照耀著玉米地。那泛紅光、白光的玉米穗冷冷地指向無路可去的天空，代表著她背叛了一切。

蕭隱什麼也沒說，她俯下身去，把臉輕輕貼近虛弱之極的何立德。四周靜得聽不到那殺氣騰騰的腳步聲，但蕭隱明白，那腳步聲越來越近了。那槍聲東一下、西一下地在圍繞著他們的玉米間散開，只有緊緊相連在一起的她和他，只有她和他兩顆跳動一致的心合為一體。這時，一聲巨大的爆裂打碎了一切。她握著手槍的手垂了下去，但手指仍扣在板機上。鮮血噴射在她的臉上、身上。蕭隱打開槍膛，還有一顆子彈，她撲在何立德的身上，緊緊抱住他。

折斷的玉米在風中發出沉悶的聲音，他們的眼睛對著天空。太陽光已開始暗下去，而天空的藍色變得像小說中寫的那樣碧瑩晶亮。

——一九九四年五月十七～十八日《聯合報》副刊

玄機之橋

飛機在十八坡的上空打旋，巨大的引擎聲浪湮沒了城市所有的喧囂，她站在十八坡城門上，捂住耳朵，驚異地看見了那個常來到她夢中的人正全副武裝站在打開的機艙內，避風鏡使他的臉變了形，但她認得出，就是此人，在每週末深夜十二點正，與她在沿江公園山頂上第五排長椅上見面。

飛機僅僅在這個依山而築的城市上空，盤旋了七分鐘，便拖著長長的白煙，穿過雲層，消失在觀望的人們整個下午的騷亂的議論之中。

當夜，她去了約定的幽會地點，即下半城的沿江公園。預感只是預感，但她感覺到，時間彷彿應該消失得更快，民國三十八年這個秋天可能會提前逝去。她心情鬱悶地步入公園山頂上，當她走近最高處的空地，她發現第五排長椅上橫放著一件東西。今天是星期五，她想這就對了。於是她向那長椅大步走去。

那是一個男人。

一個酒瓶歪倒在地上，酒鬼！她正欲拔腿離去。

等一等。那人含混不清地叫道。

她回頭，黑暗之中她沒法辨清對方，但絕不是那個常在夢中會面的人。

她幾乎是奔著下山，兩步併作一步撞下一坡一坡彎曲的石階。她的家在大橋下第一個墩子旁。從沿江公園出來之後，她沒有馬上回去，而是在大橋上慢慢走著，迎面吹來的風，從她未繫上長圍巾的脖子竄入，滑進她的旗袍裡，像條冰冷的蛇。一件舊大衣裹在身上，她雙手揣在大衣口袋裡，不停地走著，沒有方向，沒有目標，偶爾，車輛駛過她身旁，那不太亮的車燈打在她的臉上，她不得不用手擋住臉，瞇起眼睛。她已經聽到遠遠的山後傳來的炮聲。

整個過程，從我遇見你的那天開始就已宣告結束。我在尋找途徑，盡可能快些逃出這貌似愛情的重重深牆大院。我必須改變我自己的一切，為了躲開你可恨的陰影，我長年寫日記，昨天，我點火燒掉了日記，火光映出許多消逝的白天和夜晚，照出那年瘦削的肩，線條分明的身體。灰燼凝固成日漸憔悴的臉，我就是我的故事中的我。歷史不是依然故我？多一聲少一聲轟隆又有什麼用？這個城市已陷落過無數次，建造城市就是為了陷落。

她把身體重心從這條腿移向另一條腿，手和下巴放在潮濕的欄杆上，望著江水發呆，她微微卷曲的頭髮在夜風中簌簌發響。一隊荷槍實彈的士兵走到她身後，她轉過身，冷冷的水珠一小時一小時積在她頭髮和臉上，那最大的兩滴水珠像淚掛在臉上。看見她，胡亂喊叫淫猥的語句，軍官詈罵著逼他們繼續趕路。在擁抱死亡之前，士兵需要擁抱女人，這想法使她很悲傷。

「具體地說，這是一張地圖」。我從口袋裡摸出一張皺巴巴的紙。你注視著我的眼睛，「萬一我出了意外，」你停了停，接著說，「萬一我死了，你必須繼續執行任務，焦土政策，必須執行！」我猛烈點頭，表示非常讚賞。「別譏諷我！」你用紅色鉛筆在那地圖上劃記號。在橋頭偏東方向，一個類似亭子的圖案旁邊的空白處，你打了個∨符號。

橋下江水悄沒聲響地流淌，一道發亮的寬帶把這個城市劃為北岸、南岸。貧賤苟生者與花紅酒綠共處，柔情蜜意、卑劣淫蕩流淌在一起，每點亮光就是一個世界。而夜為她遮住了年齡、欲望、嫉妒和仇恨。

一個戴禮帽的男人由大橋的南端走來，待他走近時，她望了一眼，轉過身體，她問來人幾點了。男人絲毫不奇怪一個單身女人深夜不歸家而在橋上忘了時間地游蕩：橋那頭就是妓女出沒的暗娼區。男人為她點燃打火機，照亮他自己的手腕，然後看著她模糊不清的臉。可是她張開大嘴，伸了個懶腰，眼皮低垂，盯著地上，聲音含糊，似乎說了一句「謝謝」。

你說，你得作最後請示，最晚三天就回來。渡船的哨子響了第二遍。你上了輪渡船。你回到北岸，你將從那兒出發。

江邊上擁擠不堪，過江的人提著大包小包，拖兒帶女的母親，一擔兩繩找活幹的腳夫，臉上彷彿都流露出驚慌。傷兵血污的擔架亂七八糟擺滿了河灘，茶館碼頭都流傳著共軍過了東江，已經逼近這座城市的消息，廣播裡卻是種種平撫人心的來自政府的闢謠報導。我走在這些人之中，河沙正在滲入我的布鞋裡，我抬頭再次遙望山上那個淺紅色的亭子，加快了步伐。

倦意兇猛地襲來，她連連打了三個呵欠，眼皮像被一根線縫住，沒法撐開。

她聽見長椅上的人在說她違約，她想開口解釋，但她說不出話。昨夜？不，前夜，自己去看了一下大橋，然後躺在家裡兩天兩夜，老母親後來說她高燒，發了二天，她的母親實際是她的養母，兩人之間只存在還債和收債的關係，她必須還清收留她這個孤兒的全部代價，她必須養她，即使她是多麼厭惡這個同樣厭惡她的老女人。

她動了一下身體，說實話她不太相信自己真的大病了一場，如這樣，她還怎麼做生意養這個「家」？麻煩出在哪兒？她一根一根手指地掰動指關節，每次發出一個清脆的響聲，她的思索便往前進一步，她記起自己向一個陌生男人問時間，自己想睡覺，想抱著一個男人，像躺在那個想念已久的人的懷裡。直到此刻，她仍昏沉沉的，想有一張床，舒服地躺下，去抓住那漸漸消退掉的快樂。

那個人從椅上站了起來，來來回回走動，從各個角度打量她。而她屏住氣息，交叉雙手，眼睛一動不動，臉上漸漸露出一個習慣的媚笑。

我決定在臨江的「小過年」館子，吃碗擔擔麵，暖和暖和身子。然後再去聽一段評書。當我吃完麵，路過講評書的茶館時，面對裡面的老頭、小孩蒼白麻木的臉和一派嘈雜聲，我改變了主意。

滑杆把我擱在臨時租來的小樓前，臨近傍晚，太陽正在徐徐下落，淡淡的紅光，籠罩著山上山下。我付了抬夫辛苦費，走上樓梯，門口放著一口箱子。我以為你臨時改變主意，捨不得離開我又返了回來。我高興地叫你的名字。樓上樓下廚房和堆放雜物的小間，都找遍了，連個影子也沒有。看著箱子，我不知拿它如何處理，放在門口，萬一被人提走，怎麼向你交代！若是提進家，我又不知箱子裡裝了什麼，不敢貿然行動，我想摸它一下，但卻本能地縮回了手。

我憂心忡忡了一晚，直到夜深人靜時，才鼓起勇氣拉開房門，走到走廊上。

她被平放在長椅上，胸部一起一伏，每次都在等待的時刻來到了。可是，她的身體仍孤獨地躺在那兒，孤獨比那渴望更痛苦地刺入她的內心，她睜開眼睛，瞧見陰黑而高遠的夜空似乎有星星重疊在一起，她從椅子上坐起，朝那男人露出潔白牙齒笑了笑，就去解自己旗袍左邊的布扣，最後一顆鈕扣還未退完，她的兩個乳房便晃蕩在漆黑的夜裡，她感到男人的頭搖動了一下，男人第一次見到她的胴體，都這樣顫抖。她站了起來，身體微微向後仰。

汽笛聲從遠遠的山下傳來，船在慢慢移開碼頭，那揮動的手，垂下的頭，蹣跚不已的步子宣示一種說不出道不盡的悲愴情緒。江上的汽笛在這個時候長鳴，很準確而及時，這正是應該有的伴奏曲，每次必不可少的音樂。她微微揚起沉醉的臉，那雙天真無邪，但又被欲望點燃的眼睛眨了眨，她伸開胳膊，這姿態比任何一種語言都強大，具有不可逆轉的征服力。她要擁抱。

而在擁抱中，她盼望聽到汽笛持久地嗚咽下去。

我雙手交叉抱在胸前，瞅著這口帆布箱子。走廊上亮著微弱的白熾燈。好奇心和恐懼在我的腦子裡打架，我不是幹特工的料子，起碼不是一個有經驗的特工。我的邏輯能力被這口箱子的出現打亂了，我只配當一個工具，一把最糟的工具，我不會喝采，不會吶喊，不會嘆息，只剩下對未知的恐懼。

但我轉過身，以背對著門，也就是背對這口帆布箱子時，一個念頭一閃而過：那潛伏的預想將提前到來，或許已經到來。

那箱子約有兩尺長，一尺寬，在四個角上釘了牛皮。我蹲在地上，來來回回察看。一把江字號鎖掛在上面。這種鐵皮鎖一錘子就能打開。我遲疑著不下手，我不敢去核實那即將來到的事實。我已經有點預感到放箱子的人的居心不良，裡面不會有好禮物。

山上的夜靜謐可愛，而這夜，竟連樹葉被風刮響的聲音也沒有，鳥兒們並未隱匿起來，鳥兒們去了更遠的南方過冬。那隻經常出沒在房子周圍的貓頭鷹似乎並沒有去遠，我彷彷彿彿嗅到它的氣味，感覺到它那雙眼睛發出的亮光。

那把鎖幾乎不經我搗弄便輕輕一彈啟開了。我取掉鎖，伸進手指，將箱子裡的東西摸了一下。再打開箱子不必要。箱子裡什麼也沒有，空空蕩蕩，只有一股熟悉而又說不出是什麼的氣味在空氣中彌散開來。我作好了各種思想準備，但這個空箱，卻是我無法去接受的事實。但眼前這個信號又使我想到許多可能，可能你無奈之中只能給我留下這個空箱，讓我自己去尋找答案。

我抬頭，除了走廊和房間裡有亮光，四周是靜寂幽深的黑暗，我下意識地感到，黑暗之中必有一雙眼睛正在窺視著我的一舉一動，或許忽隱忽現在山坳和樹林間的螢火，那雙亮閃閃的貓頭鷹的眼睛，或許正是安排了這一切的人，用你的死逼我立即行動。你反覆對我說過，共黨地下組織已經在接管這個城市。盡管我們的軍隊還在四郊掘壕據守，這個城市已經被掏空。

第二天清晨前，我收拾好房間，即：將必須處理的文件、信件等等東西通通付之一炬。沿著長著露水濕透的雜草的小徑，我下了山。我與你之間的約定烙印在我心上，滲入我與你的第一次見面之後幸福的回憶之中，世界在我眼前閃爍。

她感到身下的長椅在崩裂，一塊一塊木板往地下掉。他的嘴封死了她，她承受不了如此窒息的吻。他未來得及解開衣服就和她粘連在一起。他的手指在尋找她濕淋淋的身體，濕潤的感覺比以往那著火的身體更讓她陶醉。她去解他的領帶、皮帶，解了二次，未能成功，她一邊解，一邊求他，快點，快點。那柔軟嗚咽的欲望像一根牢不可破的繩，把她與他捆綁在一起，越來越緊，她呻吟起來，然後習慣性地半睜開眼睛，正看到他的眼睛紅得像兩個小球，似乎馬上就要爆炸開來。這是他，他知道我喜歡被虐待、被折磨，不然就感覺不到快樂的滋味。她的身體像被裝上了炸藥，等著爆炸似的高潮，她在等著他把她的手剪在身後，搧她耳光，惡狠狠地咒罵她：你這個娼婦！爛貨！婊子！你這個欠操的女人！……可是他沒有這樣做。她警覺地清醒過來，發現男人正狠狠盯著自己的眼睛發呆，半晌，男人才從喉嚨裡乾吼出一句話：「你不是麗萍！你不是我要找的人。」憤怒使他的圓臉拉成長形，「你是假冒的！」「冒的」二字說出口，他便提著褲子在她的視線裡消失。他可能沒聽見她也歡快地喊了一句：「你也是假冒的——」

她看了看手錶，想，應是江輪到達的時刻。她披上大衣，大衣裡一絲不掛的身體，那豐滿下垂的乳房在黑夜中抖動，她坐在坍塌成一堆爛木塊的椅子上，雙腿自然地張開，她在等著那即將響起的長長的汽笛聲穿入她的身體。

渡船靠攏了北岸。我隨人流下了跳板，拾起一塊鵝卵石，扔在水面上，它沒打個水花就消失不見了。我記不住這塊石子為什麼要沉入江底。相對過去而言，感情已不在我生命中居重要的位置。我上了一級級陡峭但較寬敞的石梯，進入城門之後，頓時發覺城市的喧囂附在算命先生的招牌和大街小巷破破爛爛的各種標語上，它們在誇張我的遺忘症，在一步步繃緊我的神經。

馬路旁一架留聲機正在高聲放著川劇，一句比一句高的念白，讓我膩味。黃包車帶著我拐進水鋪子巷，我正想叫車夫停車，卻嗅到身後有人跟蹤，黃包車掠過了一個妓館，拐進了東三街裡的一條巷子裡。

越來越多的危險在等著我，我只能單獨行動。整個計劃在我的腦子裡反反覆覆。我已脫了一層皮，換了一次血，丟了一顆心。這中間的時間僅僅只有三天。

她聽到了那艘船靠岸的長鳴，那船好像正對著她開來，直接從山腳開到山上，開到她雙腿張開的深河之中。她幾乎激動得快掉出淚水。

穿好衣服，繫上圍巾，她朝沿江公園門口走去，在下坡的路上，她突然停住了。

隆隆的炮聲夾在輪船的汽笛聲中，越來越清晰，越來越近。這座城市看來真的快陷落了。她想，自己欲望的冒險也將結束了。

我終於得到潛入黑暗之中的自由，黑夜給我提供了保護，在黑暗中，那條獵狗般緊追我的人，對我無能為力了，我暗暗竊喜。因而我來到沿江公園。

那天把地圖交給你之後，我就再也沒見到。不過，這難不倒我。我忘記了感情，但不會忘記這份地圖，它刻在我的腦子裡，如果我沒有記錯的話，那遠處崖邊的亭子，即是你在地圖上打「V」符號的那個。

在一個坍碎的椅子下，我拾到一頂男人的禮帽。我瞧了瞧，把帽子蓋在頭髮上壓住眼睛。那個亭子被夜色勾勒出大致的輪廓，雖然看不清它的八角。

岩崖支出半截身子，懸在半空，從上面可以看到江橋，南邊是鬱鬱蔥蔥的山峰，兩岸一排排房子，破破爛爛的吊腳樓之間石梯迂迴，上面攀著小似螞蟻的人影，而天邊正出現淺淺的晨光。炮聲已經漸漸退遠。這個城市已不再抵抗。

我走進這個位於江橋之北偏東的八角亭。

霧鎖山頭山鎖霧；
天連水尾水連天。

這副對聯正對著我，在兩個相並列的柱子上，沒有橫批。正讀倒讀的回文聯，令人作嘔的小聰明。我的目光滑動在已經模糊不清的字跡上，我明白了其中的玄機。我把手按住下聯「天連水尾水連天」的第二個字「連」。我似乎看見了你出現在柱子後面。難道你還活著？我全身癱軟下來，淚水滾滾而下，抱住你不放手。但這不過是我的一個想法而已，一個幻覺。

我已經說過，我早已放棄了對情感的選擇，哪怕真是你出現在我面前。愛情消亡了，仇恨也消亡了，我的左手停在半空，伸向上聯倒數第二個字「鎖」。

我的手被人狠狠往後一夾，我來不及按「鎖」字下的鈕鍵，有人朝我臉上打了一拳，血從我嘴裡流了出來。「這地方老是有妓女，真礙事，」我聽到有人說。「繼續發報吧」。

她和其他一些滿臉脂粉的女人一起被帶上了駛往郊縣去的小船。碼頭上，站著端著槍戴著軍帽的士兵，人群雜亂，喇叭裡正放著一支歡快的進行曲。她不想讓注滿眼眶裡的淚水滾下來，她把臉調轉回船艙，看著對面位子那抽煙的男人。他的臉蓋著一層霜，穿著一身軍裝。他身上有一股並不陌生的氣味，她感到這人極像深夜十二點正與她在沿江公園椅子上會面的人。這使她忘了身邊那堆妓女的嘆息、哭泣和咒罵，她嗅著這氣味，那眼神似乎在對他說：你贏了。這男人沒作聲，嘴角卻動了動，把目光從她的臉上游離開。她盯著他和他身邊的兩個士兵，心想，並不是你贏了，我認為你贏了，是我在嘲笑自己所謂的聰明。

船艙裡鐵鏟送煤的聲音，使她想起了那些失去的日子，那些與他水火相拼的情景，水就是水，火就是火，水能淹沒時間，火能燒毀時間，但時間沒法把水與火徹底抹掉。她抬起臉朝正看著她的那個男人丟了一個媚眼。

男人呆看著她，突然叫起來：「你不是妓女小六?」

聽到他顫聲叫出的這幾個字，她笑了。只有她知道全盤失敗中依然保存的一點小小秘密。這秘密將在未來無窮無盡的歲月中給她一點兒寬慰。

船冒著白煙，在汽笛聲中駛過這座城市唯一的橋，那炸彈會因歲月的侵蝕而生鏽、腐爛、失效，但炸藥埋在那裡就像精子埋在肚子裡。在這一瞬間，我的眼前閃出老母親的臉，我幾乎看到老母臉上從未為我流過的幾滴清淚。我沒有朝玻璃窗外遠遠被船拋在身後的橋望一眼。

——一九九四年一期《鍾山》

帶鞍的鹿

一把紅底白花的傘出現在黑色、棕色、灰色的雨傘之中，打傘的是個女人，她擎著傘，步子很穩。雨點打在她的傘上，滾成幾條線掉下傘沿，濺在地上。

那女人似乎停了下來，朝我站著的方向看了很長時間，我心裡生出一種願望，不想這個女人從我眼前消失。是不是因為她太像羊穗？她朝我的房子走來，我只覺得心一緊。緊接著，我的門上響一聲、兩聲重重的敲門聲。

我驚醒，從床上爬了起來。拉開窗簾，果不其然，在下雨。細雨霏霏之中，街上行人紛紛舉著傘，卻是清一色的黑傘，我打了個冷顫。

「小徑彎曲，邊上疊著石頭，這年這月這一天去找他找他。」我還記得羊穗那封信裡的句子，「腸子生飢房子生空，崗崗有樹，水水清澈透底。第五枝戊辰墜落生霧……」整封信就這樣沒頭沒尾，而信末注明寫於一年之前。

我走回床邊，整理被子，看到地上掉了一本書，不知怎麼在這裡的一本線裝書。裡面全是木版插圖。我拾了起來，打開的那一頁上的插圖有點似曾相識，我瞧了瞧，把書扔到床上。

我開始穿衣。冬天已在身邊，不能再穿這件藏青色絨線衫，翻開箱子，我找了一件厚毛衣套上。換衣時，我的手觸到一件冰涼的東西：項鍊，三朵精緻的花朵閃於眼底，這是羊穗昨夜送我的生日禮物，她偏著頭把項鍊戴在我的脖子上。羊穗昨夜真的來過？想到這點，我很懊喪。昨夜，我頭腦昏沉沉，沒多喝，記憶卻出了差錯。牆上那面舊鏡子裡映出一個黑衣黑褲的女人，像個幽靈。丈夫死後，沒有一天我的心不落在這深暗的顏色上。我是個人人同情的寡婦，返回故里，想找點什麼東西填補自己的薄命。那天我打開鏽跡斑斑的鎖，進門便發現了羊穗的這封怪信，此後我就一直惶惶然不知所措。羊穗沒有理由這麼對待我，她不能這樣對我開玩笑。現在她乾脆擎著傘來找我了！我決定去找羊穗問個明白。

臺灣歌星沉艾艾小姐的聲音飄浮在街上，像哭泣，又像傻笑，沉小姐的臉毫無表情，她身段不苗條又不豐滿遠比不上她的歌喉。在這個破破爛爛骯髒的鬧市裡，任何一種聲音都是暗灰色的市囂的一部分，連這滴嗒的雨聲也不例外。離去多年，這個城市幾乎一點也沒有改變，這使我多少有些沮喪。經過一排搭篷的擔擔麵、涼粉、湯圓攤位，我走進菜市場，菜的腐臭讓我屏住呼吸，快步奔上一級級石梯，來到汽車站上。

羊穗本是我最好的朋友，但時光沖淡了一切。這麼多年，占領我全部心思的是那場可怕的婚姻。我的丈夫，那時是我的男朋友，天天守在我的門口，那根電線柱子前，要我答應隨他北上，去當一個助理工程師的妻子。我離開了故土，卻不曾想到，這樁貌似美滿的婚姻幾乎斷送了我，它始於熱情之火，歸於仇恨之火。每每想到那濃煙大火，我便後怕。這是我自己設計的陷阱！可笑的是，我是個沒有什麼大出息的畫家，從一個城市的文化館調入另一個城市的文化館，始終沒有起色，我的畫無人欣賞。父親、丈夫，包括那個小院都不存在於我的生活之中了，我還搞不明白，我的每一天是幸運呢，還是更大的災禍臨頭？甚至我的夢，夢中我見不少人，我記不清他們是誰。到今天，我還覺得，「處於劣勢」是我固定的夢境。

從公共汽車下來，雨小了，我便未再打傘，一兩滴雨點落在臉上，精神一爽。細雨飄散，空氣變得輕輕淡淡，雨使滿街髒物流走不少，路面也乾淨多了。

向下傾斜的路，有人拉著一板車雪白的蘿蔔，從我身後竄過來，騰空跳躍，往下猛溜。一眨眼工夫，這人和板車和蘿蔔便沒影了。我怕滑倒，小心翼翼地往坡下走。這時，我才想起自己忘了羊穗家的門牌號數。灰暗的瓦一塊搭一塊重疊在眼底。我記起來，她家那磚砌的平房，在高高低低的房屋中算是最好的。繞過那棵快掉盡葉子的沙樹，在沙樹的旁邊應該有一個扔滿爛瓶爛紙的垃圾堆成的小山丘。一串又陡又窄的石階，潮濕發青的苔蘚滑膩膩的，一不留神，便可滾下石梯兩旁枯草覆蓋的山坡。殘留在石階上的雨水，濺在我的雨靴和我手裡懸掛著的雨傘上。

憑著朦朦朧朧的感覺，我找到離羊穗家不遠的小樹林。雨點又漸漸大起來，像紫色的絲線掛在樹林中間，天上卻露出幾束刺眼的陽光，照著雨的帘幕。

樹林實際只有光禿禿的枝幹，沒有一片樹葉，風裏著雨點穿過樹林，抽出一片響聲。我撫了撫臉上的頭髮，雨在手指間流淌，一陣涼意襲來，出門太匆忙，竟忘了繫一條圍巾。我搓了搓手，聽到了身後的叫聲。不錯。我想，她是該出現的時候了。我回過了頭。

「讓你下雨找我？」這女人看著我的眼睛。她的臉上有淒苦的微笑。雨滴掛在她的額頭、眼睫上。

微笑提示了我。為了掩飾剛才的窘態，我也笑了。我沒有馬上認出羊穗，是由於我正在想最後一次見她的情景。那是我結婚前一個月，她來看我。她坐在椅子上，不嗑瓜子，也不喝茶，神情詭秘。她問我，你真決定結婚？我點了點頭。真要離開？我還是點點頭。

她低垂下眼睛，兩條腿緊緊靠在一起，腳底向外翻，像一個營養不良的孩子那麼坐著。過了好一會兒，她站起身，說想要我一幅畫。

我和她來到旁邊一間自砌的簡陋房子。在奇奇怪怪的架子、顏料、紙、畫布中找到插足之地，她在一張畫前停住，半晌，說她想要這一幅。畫上是一匹鹿，鹿背上有鞍。其他部分尚未設計好，背景是山谷，非常黯淡的光，白底上只有幾條灰色線，整幅畫三分之二是白底。

我說這畫還未畫完，前景不知畫什麼好。她說沒關係，我喜歡這種奇想，喜歡帶鞍的鹿，馴服，是喜氣之兆。我揭下畫布，包好，送她出門。上車時，她說你不該這樣。她是說我不應結婚，還是說不該告訴她我結婚？對著開動的公共汽車，恍惚之中，我朝她揮了揮手。她自己是已婚者，為什麼對我的婚姻大驚小怪？

「看你又迷迷糊糊的。」羊穗一把拉住我。小樹林下雨後，泥土鬆軟，一踩一個窩。經過那幢平房時，她說，你那天迷迷糊糊的，撞到我身上還不知是怎麼回事。我說，那天，我掉了一串鑰匙。

「愛掉鑰匙的女人得小心保護自己。」她又說起以前常說的一句話，然後伸手去擦臉上的雨滴。

我直著眼看羊穗，看著羊穗憔悴的臉，我說，我正要找你。但我的埋怨心情消失了。她背對那個垃圾堆成的小山丘，說：「上哪兒呢？」

我說，「隨便！」那意思是叫我上哪兒，我就上哪兒。「但為什麼不回家呢？」

她說，女人一結婚就沒了家；女人一屬於男人，就沒了魂。「我已經沒了家，只有魂。」伸手去摸她憔悴的臉。我說，羊穗，你還活著嗎？我不知怎麼冒出這麼一句話。

她好像沒聽見我的話。她睜大的眼睛其實並沒有看我，只是朝著我這個方向，眼光飄散開去，閃閃爍爍。

「你的信寫得那麼含糊，叫我怎麼辦呢？」

羊穗說：我寫過信？

我說：一年前寫的。

「那我怎麼能記得寫的什麼？」她轉過身去，好像要忍住眼淚。

回到家，我擰開水管龍頭，把雨靴上的泥漿用水沖了沖，將雨傘撐開在桌子邊。換上拖鞋，我按下錄音機的鈕鍵，房間裡響起鋼琴協奏曲，進入歡樂部的快節奏。佻撻的旋律使我坐立不安，我抓住椅子的把手，放聲大哭起來。

說實話，我記不清自己是先回了家，還是與羊穗不辭而別之後在那棵沙樹前走來走去的。但我在沙樹前下了決心卻是肯定無疑。「石頭架石頭，改頭換面家中樹，爪子深淺，一枯一榮。」羊穗信裡的怪話跳入我的腦海。看來不能靠羊穗弄清她的謎，我得自己去揭開一切。於是，我徑直朝對面那幢平房最裡一間走去，我敲響了羊穗家的門。

一個面目清秀、略帶文氣的中年男人站在門口，他問我找誰？

「羊穗在家沒有？」我說。

他一聽，眼睛閃了一下，但馬上黯淡下去，看了看我，把門拉開，問我是否願意到屋裡坐坐？

房間裡光線很弱，窗帘拉開了一半。東西堆得亂糟糟的，報紙、雜誌灑了一地，被不折疊，看來，羊穗的丈夫把報社移到了家裡。

他拿著一個杯子，往裡放茶葉，倒水時，他說，「她死了。」他說這句話時，手一抖，開水倒偏了，灑了一些在他的塑料拖鞋上。

不會吧！我剛要說，但我看見這個男人眼中真誠哀傷，我搖了搖頭。

他把茶杯放在我面前的凳子上，「羊穗不在了，她死了，有半年。」我說：「剛才我還和她在一起。」我的話使他一震。他皺著眉心從我的頭打量到腳，說，我知道你，你真的變化不大。

他是近視眼。我不相信他看清了我。你怎麼知道？他說他當然知道。他讓我轉身去看身後的牆。

我從椅子上站起來，牆上掛著一幅畫：一頭帶鞍的鹿正欲抬腳奔出隱隱約約的山谷，奔出畫紙。畫上大量的空白在一寸一寸地分割餘下的世界。一切都不可思議，只有這幅畫和畫上我自己的簽名讓我確信，這是羊穗的家，我跟羊穗曾有過一段不同尋常的情誼。

「羊穗是怎麼死的？」我吞吞吐吐地問。他嘆了口氣，說他要是知道就好了。說這事一直在折磨著他。他說，因這幅畫，他取了個筆名，叫陸安。

「陸安」這個名字我並不陌生，我轉過身去看這個男人，第一次看出他長得不僅文雅，而且英俊。我背得出這位詩人的一首詩：

除了雨水　就是脆裂
江水之上　樹枝間夾著一頁信
蜷縮翅膀　三次了　三次都飛不走

他的心狂沙喧騰
在路邊　遇見一個女人　垂著眼睛

詩雖然古怪，但情真意切，叫人羨慕這忠貞不渝的愛情，我從未得到過的愛情。我看著羊穗的丈夫，他的臉蒼白，那雙深凹的眼睛既真誠又善良。我只能相信他。

羊穗在江裡游泳，溺死了。回家的路上，我反覆捉摸她死了這個說法所包含的意義。羊穗寫給我的信：「這年這月這一天找他找他，」「石頭堆石頭，」「水水清澈透底」不太像一個正常人的思維，或許是她處於極端的恐怖之中，無可選擇地將文字表達成這樣。她丈夫說，一年前她曾被送入精神病院，強迫性憂鬱症。或許是由於精神病才淹死的。那天她丈夫在報社開一整天會，不然肯定不會讓她出去亂跑。「我沒照顧好她。」他的眼淚是真的。

公共汽車搖搖晃晃地爬坡，我把注意力轉向窗外，從窗子往上望，可以看見聞名於這個城市的精神病醫院。蔥綠的松林，高聳在雲際。那兒風景的確美麗。我問羊穗的丈夫，為什麼要把羊穗說成是瘋子？他詫異地看著我，搖了搖頭。事情越來越像這無常的雨霧籠罩在我的身上。我不願相信羊穗是精神病發作淹死的。她丈夫難道隱瞞著什麼重大關節？我的思維已被逼到盡頭，胸口壓得喘不過氣來。隔著玻璃窗，對著外面灰濛濛的天空、街道、房屋、人流，我猛地乾嚎了一聲。一車的人，目光刷的一下射在我的身上。

母親摸著我的頭髮，說，你真好，讓我和你父親埋在一起。我已故的丈夫躺在我身邊感嘆，一個已成骷髏，一個體溫還未涼盡，他用胳膊捅捅我，以後我們也這樣。

羊穗對著牆上那面鏡子化妝，我聽她講下去，她說，兩個熟睡的人沒法看見彼此模樣，如能看見，兩個人肯定沒法待在一起，屬豬的是豬，屬虎的是虎，屬鼠的是鼠。她停住了手中的眉筆，用面巾紙擦了擦剛畫上的眉，一個勁地說，活著多好，看人演戲，自己也演。男人，永遠看他們的背影，也把自己的背影給他們看。她挑著頭髮嘆息，她和我一樣，三十一歲就有了白頭髮。

當我慶幸自己未有孩子時，她說，她運氣也不錯，總是懷不上，她吐了吐舌頭，想做個鬼臉，卻是一副哭笑不得的樣子。

江水蕩漾著一輪光波，反射在我身旁關嚴的窗框上。四周變得靜悄悄的，我根本看不見坐在身邊的乘客。江似乎不太寬，可以望見對岸泊著的船的大致輪廓，那桅杆上的旗任性地在風中拍打。

船開始行駛之後，我慶幸自己未去那個精神病醫院，而是順江而下，到了這個小鎮。幾隻鳥頻頻掠過寒冷的水面。山坡上有稀稀落落的榆樹、松樹、生著枯黃葉片的竹子，歪斜地立著，像一根根電線杆。

在去精神病院的路上，我突然明白，把羊穗當作精神病人調查就等於背叛了她，就坐實了對她的誣蔑。我不能誤入歧途。我應當幫羊穗洗刷或乾脆抹去這一段歷史。也許我這調查不客觀、不全面，我和羊穗都是片面的人。我們活著，死去，都是片面的，有什麼必要全面？

可能是由於陰雨不斷，小鎮冷冷清清，看不到人影。被江水沖刷乾淨的卵石，夾在沙與水中間，上面的紋路或深或淺，個個都像問號。

沿著一條彎曲的沙地，我找到水上公安局所在的三間磚房，打聽半年前那件浮屍案。

接待我的是一個二十七八歲的警察，個兒挺高，臉長得有稜有角。他坐下後，雙手捧著一個罩著塑料網的茶杯。是怕水燙還是擔心玻璃杯滑手？江風灌進屋裡，窗上有一塊玻璃是破的。「這屋子真冷。」我站在他的桌子前說。他不給我倒茶。我看出他明顯的公事公辦的冷漠。

我自己坐了下來，講明了來由。那個警察讓我在一張表上簽字，然後說，是有一個女屍沿江漂下，在這裡被打撈上來，已經快腐爛了。很久沒人來認領屍體。後來有個男人跑來，說他是這女人的丈夫。我打了個寒噤，羊穗怎麼漂到這麼淒涼的地方來！死到這裡來！

「是陸安？」我問。

「不，好像名字不是這樣，是三個字。是報社編輯，要是我沒記錯的話。」

我解釋這是某個人的筆名。我告訴這個警察，這女的是我的好朋友，她丈夫告訴我，可以找你們問問。他臉上似乎浮出一絲嘲笑的神氣。

「有什麼可問的嗎？」他說。

「法醫的記錄在哪兒？」我口氣挺衝。他驚異地瞧了瞧我，然後說，「有疑點？」

我點點頭。

警察掏出一大串鑰匙，開門走進內室，窸窸窣窣了一陣，然後拿出一個紙夾，一邊走，一邊拍灰塵。他坐下慢慢翻開，邊看邊念，女，三十歲左右，死因：溺斃，全身皮膚無明顯外傷痕跡。腸胃內無異物。他合上文件夾，輕描淡寫地說：每年夏天江裡都要淹死人，漂到這兒的屍體不下幾十具。這是件正常案子。那張端正的臉時而拉長，時而擠扁。

我站起來，走過去。問他能否讓我看一下文件。

或許是我臉上那種嚴重的神氣使他不由自主從椅子上站了起來，但手裡並未放下那個文件夾，「你想知道什麼?」

「我想知道那男的憑什麼說那女人是他妻子。」

他小心地翻開文件夾，看了一陣說，屍體上有項鍊，項鍊上有個金環。男的就憑這個認領了屍體。

我問金環是什麼樣子?

「嵌了三朵花。」他回答。

那不就是羊穗昨天送我的項鍊嗎?我取下脖子上那條項鍊，放在手裡，沉甸甸的，閃著耀眼的光澤。三朵花在項鍊的中部，相連而成。我拿給他看。這個警察拿著端詳了一陣，然後還給我，笑笑，說，就像這樣子，很像。

我握緊項鍊，體會著環上花瓣的稜角彎度，我的心反抗著我，我感到不應該說，但還是喊了出來：不是很像！就是這一條！

警察手指彈著桌子，看著我，輕輕笑起來，「如果真的就是這條，怎麼到了你手裡？」

我沒有回答。我只是喊起來：肯定不是游泳死的，有人害她！警察不再笑了，他的眼光看不出是譏刺還是憐憫。

反正我不相信我不會相信。我收到過她的信！我一面說，一面奔出門去。

我奔向江邊，冷冷的風吹打著我的衣服，一兩艘船靠在岸邊，江面細窄，水流平緩得出奇，我向輪渡口走去。

雨，又飄起來，路面濕漉漉的。關上窗，我坐在床上，我看見了那本線裝書，拾了起來。

突然，我的手停住了。這是一幅極熟的圖：山上有一鹿，背上有鞍轡，但沒有騎者，地上躺有一個女人，似乎死了。

我感到熱血在往上冒，是誰完成了我未完成的畫，先我幾百年上千年？那上面還有讖語：

木易若逢千女鬼

定於此處喪金環

下面小字注釋：像讖皆明指安祿山之亂楊妃碎於馬嵬明皇幸蜀惜當時見之不悟。

不！我喊起來。楊之碎，就是羊穗。金環不是楊玉環，而是我項鍊上的金環！

鹿鞍當然是陸安，陸安害死了羊穗！他牆上掛的畫點穿了兇案。不對，陸安的名字是羊穗死後取的。他有什麼必要取個自投羅網的筆名呢？到底是圖讖預言了兇案，還是圖讖導演了兇案？它構造了國家大亂，貴妃之死，也能構造世界千變萬化之後一個女人的命運？或許它注定就要被重複千次、萬次、億萬次？

我瞪著眼看著這發脆的紙片，汗珠冒了出來。想到床上躺一會兒，但沒法閉上眼睛靜一靜，眼前是紛亂的問號和詞語，往事支離破碎循環往返。羊穗聽我講述童年時，自始至終沒插一句話，她那副專注的神情使我淚水盈盈。

她盯著牆上的一條裂縫，目光在這條縫上游移，她說我不該穿黑衣服，這種顏色使我的臉瘦削，眼睛深凹。她說她記得我的那件粉色連衣裙，上面的荷花，不，是葫蘆花，紅中帶黃，黃中露紅，鮮艷之極。她不好意思起來，停了停才說，真迷人。她垂下了頭。我說，那葫蘆花是紫色顯藍，藍中帶青。羊穗用手制止我說下去，「你那天真美，把我看呆！」她的頭髮剪到耳邊，耳朵上分別掛著一隻蜘蛛和一隻蝴蝶墜子。她取下紅框近視眼鏡，拿在手裡。我一下找到一種感覺，提起很多年前曾接到她的兩個又短又乾癟的電話，那電話是說她結婚的事。我感嘆當初她和我的安排真好：約定互不參加對方的婚禮。這樣誰也找不到仇人。

羊穗用手指去擦鏡片上的污漬，她根本不關心我的生活。當我這麼想的時候，卻聽見她在叫我的名字，「你得為我查清底細。」她幾乎是哀求，聲音哽塞到聽不見的地步，但我聽見了，字字如針，扎在我的心上，我說，羊穗，你幹嗎躲著我？多年來只有一封信，我還是前天才看到。我口氣裡充滿責難。我在這一剎那竟認為自己許多年來的不幸似乎跟羊穗突然中斷的友誼有關。

黃昏時分，我又來到江邊空無一人的碼頭上，我沿著跳板走到一個廢棄的躉船上。烏雲在慢慢散去，但天越來越暗，壓了下來，停靠在不遠處的船隻亮起微弱的燈，淒厲的汽笛聲，在空蕩蕩的江水上悠悠蕩蕩，散到兩岸山上雜亂民居中去。

「這年這月這一天找他找他。」如果我沒有搞錯的話，這個「他」肯定會出現在我憑弔羊穗的這個時候，而且一定是在羊穗淹死的這個地點。「他」既然害死了羊穗，也不會放過我。

江水倒映著兩岸的燈光，波浪一陣陣翻打著躉船。風，又冷又硬，我抱緊了膝蓋，望著江水發呆。但我背後的跳板上響起了沉重的腳步聲。我聽著腳步聲。

他來了。

我回過頭來，看見一人穿著灰雨衣，在小雨中順跳板猶猶豫豫地走來。一個高個兒，背有點駝。於是我轉過身，慢慢地站起來。

陸安，我早就在等你來。我畫那張畫的時候，天知道是誰刻的那幅版畫，幾百年前……現在我讀懂了你的詩。

那人顯然早就看到了黑暗中的我。他步子放慢，試探性地往前走。他從雨衣裡掏了一件東西。

一道手電光向我臉上掃來，我擋了擋眼睛，我認出來人是下午見到的那個警察，不是陸安。

「你嚇我一跳，我以為是她。」他說。

「你以為是誰？」我迎上去，逼問他。

他站住了。熄了電筒，眼睛看著自己的腳，說，「你在這裡做什麼？」

我一直逼到他的面前，說，「你姓魏。」

他嚇一跳，問，「你怎麼知道？」

「我知道。千女鬼」我一字一句地說出自己的判斷，「你們都是男人，你們都有可能。」

那警察臉上露出恐懼的神色。他忽然轉過身，往岸上走去。

一聲長長的汽笛在這時拉響，飄著細雨的碼頭上已經空無一人。羊穗，我注視著流淌不息的江水，對她說，你是個魂兒，你為什麼就不可以安心地做個魂兒？有魂不是很好麼，為什麼一定要弄清你怎麼變成魂兒的呢？

我把手裡的項鍊，慢慢放入江中，它一閃亮便消失了。

窗邊的天空露出淡青色時，我準備離開這城市，我提起打點好的行裝，在關門的那一瞬間，淚水湧出了我的眼眶。我鎖上門，把鑰匙從鑰匙鍊上取下，然後，像多年以前一樣，我把它壓在羊穗知道的那塊磚頭下面。

這個門為羊穗留著。當你被這個世界追蹤得殘缺不堪時，我希望你能躲進我的這間小屋喘一喘氣，如果那時：我又一次來不及趕回來幫助你。

——一九九三年九期《人民文學》

飛翔

跨過大街，隨著人流到地鐵口，他停住腳步，看看手錶，還早。他不想乘任何時候都鬧哄哄的地鐵，決定走路。剛過去的冬天冷極了，塞納河漂浮著幾塊在融化的薄冰。大小遊艇、橋頭、街心都置滿了花籃花盆，鬱金香、水仙、風信子流淌鮮亮的色彩。過了橋，到北岸，通向香舍里榭大道的幾條街，花香沉郁，浸透空氣，直往身上湧。插入天空、低垂地面的樹枝都賽著勁綻開綠芽，柔白的李樹、嫩紅的桃樹開得燦爛，陽光很好，藍靛靛的雲相互捲裹著，點綴著建築物的古老與現代。

盡管已在這城市快有十三個年頭了，但他還是第一次這麼專注欣賞春色——他知道自己這時很虛假：目光在用力地投在景致上，裝成一個真正的旅遊者。

因為那個研究生蘇珊娜？他堅持多年的打坐做氣功治好的失眠症復發，昨晚還加量吃了安眠藥，總算勉勉強強睡了幾小時。不僅如此，還讓他這個出了名的工作狂犧牲一個週末，特地挑了一條淡雅的領帶繫上，刮了臉，穿著較平日講究的衣服，心情頗不平穩地躑躅街頭。他俯下身，拾起地上一粒鵝卵石，握在手裡，石子一點花紋也沒有，每一面都磨得光滑，像個鴿子蛋，他扔在了地上。何必緊張，不就是去赴一個早就在計劃的約會嗎？

提綱的標題嚇了他一跳。蘇珊娜堅持研究論文寫阿爾丹，他一直沒有同意。但同意仔細讀一下大綱。

對一個姑娘來說，蘇珊娜長得太高了點，一頭栗髮，用木夾在腦後一綰，露出脖頸，眼睛低垂時看上去有些靦腆。她不像巴黎女郎，平時有意戴副眼鏡，不用隱形，舉止言語像個女教師。問題不在這上面，也不在於她的研究方向。問題在於她的過分自信。這個學生對法國文學熟如指掌，去過三個月中國什麼夏季速成班，《桃花扇》可能讀的是法譯本。

不過這也不是他不高興的理由，或許是她對阿爾丹的態度——她說起阿爾丹的神態，她對阿爾丹點金術的迷信。

「語言畫出的僅是一個平面，我們靈魂上的傷痕是永恒的，表面癒平往內鑽得更深。」蘇珊娜拿起膝蓋上一本黑皮封套的書，上面印有扭曲的舌狀花，遞過來「阿爾丹經歷的並非自己國家的災難，而是你的國家的災難。如果你讀過，應該重新讀，如果沒讀過，那麼更值得讀。」她的意思是，到那時，再來議我的論文題目不遲。

合上書，他把提綱裝入公文皮包裡，決定回家。他知道這個和勒內・夏爾齊名的讓—雅克・阿爾丹，今年雨果文學獎得主，卻發表了個聲明拒絕出席頒獎會。說實話，並不是他有意略過阿爾丹轟動一時的三部介於散文、詩和小說間奇怪的書，其中的中國恐怕是想像的創造，一如龐德筆下的神州古國。洋人寫中國的事，無論小說、詩歌或紀實哪一種形式，都極為無知，多的是以一種居高臨下的俯視姿態，這點他最厭惡。中西文學影響雖是他的課題，他早就覺得這題目只能做泛泛的獵奇，深究不得。尤其當代作家，尚未在歷史放大鏡下聖者化，更犯不著提前上當。

常在一些國際會議上碰到大陸來的同行，這些人認為他在國外教比較文學是賣野人頭，對他的婚姻狀況遠比對他的學術研究感興趣，話題總往這方面引。他不置可否的態度使各種傳言在地球那半邊更加繪聲繪色，一種說法他是喪失性能力的傢伙；另一種說法他是一兩個女人難以滿足的東西，一個如此這般的人物。巴黎呵，世界花都，燈光一旋轉，哪有不可能的事的？他並不是故意造成神秘，隱秘越多在中國人中間道德上越可疑。出國前出國後，種種搏擊歷程，已在心裡成灰，他不願回顧，過去必須一絲不漏地封死，這是他的準則。本是單身漢的胚子，隨其自然，餘生不多矣，不想費時間精力去找一個妻子，組建一個家庭。下此決心後，他掙脫了煩惱，精力充沛，可謂風調雨順，索爾邦大學終身教職聘書得到後，生活漸漸穩定，心情也逐日舒暢。可是，蘇珊娜，他感到與她的談話是如此不快，直往他身上一處不能觸動的地方鑽，牽出一種怪異的氣味，讓他沒有躲閃的餘地。

約會地點選在舊凱旋門和羅浮宮間的馬路旁一家咖啡館，有個好聽的名字：綠珍珠。從未去過，名字似乎聽說過。他腳步平緩，拿不準朝舊凱旋門方向近一點，還是朝羅浮宮方向近一點。看了看自己的位置，好像朝哪一邊距離都差不多。他的手插入褲袋，繞過噴泉，耳朵裡全是機器轟響的聲音。碧藍的天上，英法兩國聯合設計的協和飛機，一個有著頎長脖頸的大雁，二十世紀技術唯一有美感的製造物，正飛過巴黎，輕盈，像個飛車走壁者直穿而過。他發現，盡是遊客的街上人們都抬頭往天空望：一道長長的痕線從雲間垂落。

他們的臉一式鋼鐵鑄的，一滴淚也掛不住。他們的服飾一式綠，閃著灼人的光焰。他們懂得怎樣讓我飢渴、讓我滿心懊喪。他們像影子，又像蚊蟲尾隨，靠我的苦楚舞蹈。他們多強悍！讓我的一隻手偷走我的另一隻手；讓我的一隻腳偷走我的另一隻腳，再也到不了她的面前。

零散的句子，相互穿叉、不規整地在這一刻，從他的腦子裡魚貫而出。飄蕩著花香的風中，他長長地吐了口氣。汽車、人聲的喧鬧變得很柔和，輕輕地被隔開了去，他已看得見羅浮宮，還有更近一些的老凱旋門。綠珍珠咖啡館有二百年歷史，蘇珊娜電話裡說。他說這樣好，離誰都不算遠。

那天他決定晚上時間重讀阿爾丹的《食蓮者》，心想，或許自己已經獲得了解釋的鑰匙，以前他草草翻過，只覺得陰冷而美麗，似可解不可解。可仔細一讀，便被那鬱澀的舌狀花捲裹了，幾乎一夜未睡。

她在茫茫蒼蒼的黑暗中搖曳。雨雪霏霏，冰雹試比刀槍齊奏的嘹亮。暮春三月，江南草長，雜花生樹，群鶯亂飛。三山外的青天，白鷺洲畔，一個夢套另一個夢，是石頭都流成水，是水都流成石頭。可是我的喉嚨，嘶啞的喉嚨，能夠對你們，對那個陌生的東方，說出的唯一名字，仍然只有溫柔纖秀而古典的她。

第二天一早他到學校。在教師餐廳吃完中飯，路過學生酒吧門口，從裡湧出一群嘻哩哈拉的學生，帶著股濃濃的啤酒和煙味。他推了推眼鏡，不錯，依牆和一個男孩邊說邊走的高個女孩，就是他找了一個上午的蘇珊娜。

他和蘇珊娜來到樓外的草坪。氣溫陡然升高，草坪和石階上的人紛紛脫去大衣、外套，在太陽下看書聊天。還是他一語擾碎了寧靜的氣氛：

「阿爾丹在中國哪所大學教法語，你知道嗎？」

「南京大學。」蘇珊娜說。

「哪一年？」

「一九六四年。那是戴高樂與北京建交不久，中國外交決策者想靠法語突破——你們稱為『反華大合唱』的——局面。幾所大學在巴黎學中文的研究生中請法語教師。阿爾丹那一年正在寫《桃花扇》的論文，二十六歲。之後，他永遠也沒寫完論文得到學位。他永遠沒有成為漢學家。」

「那他作品中那位中國姑娘是真有其人，傾城傾國，」他輕淡的口吻像自言自語，但又不像，「他和她真的相愛？」

「我想是真的。」蘇珊娜不自然地笑了笑，把眼鏡托上鼻樑。至少阿爾丹認為他是真愛！她說，那姑娘究竟是不是愛他，他們中間發生過什麼，我看阿爾丹自己也說不清。

他也發現阿爾丹的作品，每次說的故事不一樣，一會兒是秦淮名妓之後，一會兒是革命之家異端女兒。

我問過他，他說這是扇上的血點，由藝術處理。總之，那姑娘是他的學生。突然有一天不知去向，他認為她被關押起來，必須救她出來。於是他停止上課，在北京、巴黎、南京三地到處奔跑，通過駐華使館，上訴法國外交部。被迫回國後，四處發表文章呼籲幫助，發瘋似地指斥中國政府殘忍，法國政府冷漠。在文革前中法關係中是場不大不小的風波。

鳥叫，單調而無顧忌。樹枝被叭嗒折斷，銜在尖扁的嘴裡，撲閃雙翅，在屋檐的瓦片空隙處搭巢。草坪一側小路，是一些徘徊的腳步，自在輕鬆。一叢蘆葦繁茂，緊依著一棵碩大的栗樹，那裡人少，光線亮得顫顫悠悠。

文化革命一來，阿爾丹成了巴黎造反學生的領袖之一，法國紅衛兵的頭兒！他想她在中國也肯定在造資產階級的反，如果她還活著的話。打倒資產階級，他們就能團圓。阿爾丹至今被法國知識界稱為「毛派」。當兩邊的文革都變成笑料和窘困的題目時，他不再寄情政治鼓動，也不那麼拼命尋找。三十年過去了，他至今不知那女學生的生死，十年前他問過北京駐法使館，他們很客氣，幫他找過，說畢業後幾次調動工作去向不明。他自己又到大陸，找到南京大學法語系，那裡的教師也說那個女學生，似乎在文革中畢業了，分配到很偏遠的縣城，後來就不知下落。

「你怎麼知道得如此詳細？」他的聲音僵硬起來。

「我研究阿爾丹。」蘇珊娜還沒問完就回答，早就等著這問題似的。

「那你清楚他書中那個叫L的姑娘的真實姓名嗎？」他調侃地說：「總不至於是李香君？」

「不是古代那一個，是現代這一個。」蘇珊娜倒懂得幽默，「她好像叫柳，」她不太準確發音的中文頓了一下，「柳小柳？對，就是這名字。」

他沒有再說話，一切都是現成的，他早就應該知道。根本就不該問，現在問了，就沒法留在「不知」中退避三舍。叫阿爾丹的有很多，可他好像對這個阿爾丹負上什麼責任似的——欠了這世界。人人都覺得這世界欠了自己，例如阿爾丹整個三部曲低迴如訴，愴惻而艱深，一句話就可概括：你們欠我！

越朝香舍里榭大道西走，咖啡館、酒吧越多，許多桌椅還伸延到寬闊的街旁。咖啡館和酒吧無大區別，都可喝飲料、酒，區別在於酒吧酒類稍多一些。遠處星形廣場車流如注，藍、白、紅三色旗幟迎風飄舞。綠珍珠，綠是指珍珠永遠鮮艷奪目，還是時光久遠，吸聚了一層淡淡的人世起落？他喜歡這個咖啡館的名字，未把約會地點調換到幽深僻靜真正法國味的小巷裡，比如拉丁區的那些咖啡館。他當即同意了，或許就因為這名字。

這時他止步了，馬路對面，綠珍珠醒目的法文跳入眼底。掉轉視線，不僅舊凱旋門伸手可觸，新凱旋門居然也落入視野，它們相互鑲嵌。如果站在馬路中央適當的角度注視，兩者幾乎是重合的。他的心一下靜多了，不再像一路上的忐忑不安，顛簸起伏。

他這一天第二次伸出手腕，看錶：離約定的時間還有二十分鐘。他走得並不快，仍還是早到了。太陽光偏斜，房屋、雕塑、樹、雲多起來，一團團散開，一層層疊起。

電話那頭，又是蘇珊娜：「我想知道你對我的課題看法改變沒有？」

「再給我點時間考慮，最遲下週一，也許明天告訴你。」他回答。

「你在往下推，怎麼跟我們法國人學這壞習慣？」

他說你們法國人怎麼現在才有自知之明？三言兩語後，話題便轉到阿爾丹。

「他不太好。」這次蘇珊娜點到為止，她已嗅出一些不同尋常的味道，她說談阿爾丹可以，但他得同意並指導她作那論文。

這丫頭像耗子精！他想笑，但笑不出。辦公桌上擺著他從圖書館借來的阿爾丹其他兩部重要著作，《扇舞》、《桃花之咒》——七十年代的早期作品。盡管電焊密封的過去，已不受他控制，鏽蝕洞開，但他最後一道防線是堅固的，不是這麼容易被衝破的，面對這些比杜拉的《情人》、《北方的中國情人》更具有索隱價值的作品，他發現自己的意志頑強，不亞於以往，那些夾有暗器、尖刃的雨雪天。

可能是他半晌未說話，可能是別的什麼情緒控制了蘇珊娜，她自己說起阿爾丹，大概她也太想找人訴說了。洋人要懺悔，要看心理病醫生，肚裡藏不住話。陷入痛苦中的蘇珊娜，不再掩飾感情。

「阿爾丹實際很可憐，孤零零一人。騙人騙己的獎、假情假意的愛，並不是他要的。」蘇珊娜嘆氣，說別的女人他根本看不上，拒絕了多少好女子的愛！他想那姑娘的時候，不知自己在幹什麼，煙頭灼傷手指，刮刀割破臉頰，血染紅了泡沫都沒感覺。我猜測，他之所以能寫作和活下去，恐怕是希望找到她，哪怕知道她一丁點確切的消息。我真擔心他一個人的時候。

前面對著武定橋，後門在鈔庫街，舊院和貢院隔江相對。那並不寬的江，水流平緩。盡是辛夷樹，哪及一株桃李花？

看清你的拂曉，屬於風輪草、櫻草吹拂的家園，知足，渴求早生晚死。彎細的眉，高髻峨然，笛子攙扶二胡，撥回時針，令我忘了傷悲。

他從來沒有這麼帶勁地攥緊電話。將轉椅移向牆，背對辦公桌和窗，試圖將神經擰鬆一點。沒用！彷佛調轉視覺，僅為更清楚地看到他的防線在掙揣在搖搖欲墜，再輕輕一觸，就崩潰了。

「我能見阿爾丹嗎？」他被自己突然響起的聲音嚇了一跳。

「你？」蘇珊娜似乎沒想到，「讓我來想想辦法。你知道他那樣的人，造反失敗後，性格乖僻到記者、出版商、經紀人都不理睬，有時連我在內。我會找到他精神狀態好點的時候跟他談。不過，你想見他，只是對他的作品感興趣？他向來不見仰慕者研究者。」

他感到蘇珊娜不是在奚落他，而是在撕他多年來層層加厚的繭。縫裂開了，語言一下子騰冒出來：「好吧，你告訴他，說我曾在南京大學讀法語，我上過他的課。」沉吟了好一陣，他才穩住，盡量轉用另一種口氣，「這也是我不願同意你論文題目的原因之一，那題目不適合你，你對我的國家實在太不了解了。」

全是竹椅，椅背和四條腿用同色的麻繩加固綁緊。桌子鋪著粉紅色的桌布。每張桌上一個玻璃瓶，插了一枝新鮮的白玫瑰。唱機低低轉悠著一首古老的民歌，不時有人跟上機器哼唱。色澤不一致的酒瓶、弓箭、火藥長槍裝飾四壁，還有一些好看的小旗。橢圓形鏡框裡是二戰時法國西岸諾曼第的城市被飛機炸成廢墟的照片，這點和其他咖啡館不一樣，那些店總愛掛幾幅莫奈或雷諾阿的複製品。

酒櫃在最裡處，暗暗的燈光。他要了一杯咖啡。櫃臺上端向下傾斜的屋樑，不知誰的刀雕刻的一排歪歪扭扭的線條，仔細辨認是一行字：

這是阿波里奈爾詩裡的句子，也許是阿波里奈爾刻的？也許《米拉波橋》就是在這裡寫下的第一行？也許這首詩，是綠珍珠這名字給他啟發？他端著杯子的手閃了閃，咖啡並未濺出。

他在臨街的落地玻璃窗角落坐下來。這位置能看見進門來的人，還能透過玻璃，不被人察覺地縱觀露天桌椅。店外店內顧客加起來約二十人，大多是旅遊者。他不也一樣？客居異鄉，一個無根的孤魂。常客大都在吧臺上，他們喜歡和酒保、侍者或熟面孔攀談。一個穿紅衣的西班牙女人，獨自坐在一隅，啜酒，抽煙。她抽煙的姿勢很美，一頭黑髮濃密地披瀉肩上。

裡外掃視一遍後，他可以肯定阿爾丹還沒到。沒有一位顧客是抽煙斗的法國男人。蘇珊娜在電話裡說的這個標誌很明顯，現在有這耐心抽煙斗的人真是太少了。法國人約會很少準時，盡管阿爾丹一聽他的名字，便要求在盡快的時間內見面。他對這種急切相當理解：和他不同，他是拒絕過去；阿爾丹呢，則一直生活在三十年前的記憶裡。

桌上這杯咖啡喝到尾聲，牆上的鐘已過了約會時間五分鐘。他第二遍掃視店內店外顧客，發現露天桌椅一個上了一定年紀的先生，從口袋裡掏出一個煙斗，放在桌布上，慢慢打開扁平的銀盒，將裡面的煙絲放入煙斗裡，一邊眼睛左顧右盼，一邊把煙斗含在嘴裡，用一根手指壓緊，動作挺彆扭。他看清，那位先生，左手從藏青色西裝袋裡掏出一盒火柴，手指抖動，想點火，劃了三次才點上。難怪他喜歡用右手。

即使是三十年過去了，阿爾丹今年應當五十六歲。怎會如此？頭髮稀疏、灰白，臉上皺紋雖不是連摺帶疊，但下顎突出，瘦削，下巴有一道新傷，與脖頸的舊傷疤形成呼應。那雙眼睛，和自己的一樣布滿血絲，是曾見過的，和書上的照片吻合的——那可以掩蓋一切璧瑕的黑白照片，只留閃光燈下最智慧光輝的一面。或許他根本就沒有料到阿爾丹會是這麼副模樣，忽略了他的存在，他一直坐在那個與自己呈45°角度不遠不近的位置。這個人早就到了，但他絕沒有想到此人是阿爾丹微弱的可能性，根本沒多看一眼。

他招呼侍者，要了一個大杯黑啤酒。他平日滴酒不沾，此刻，要啤酒是為了讓自己鎮定。漸漸的，人多起來。來了一大群日本遊客，幾乎坐滿了露天桌椅剩下的空位。他想，這也好。阿爾丹沒法在咖啡館一下子找到他，東方人的臉差不多，尤其三十年後。喧笑聲壓倒唱機上的音樂。阿爾丹打了一次電話，然後回到座位。要了一份白蘭地，從盒裡抓出煙絲，放入倒空的煙斗，用右手劃燃火柴，點上，抽起來。阿爾丹顯得很安靜，似乎知道約見者確實已出門，肯定在路上，遇到特殊情況，正值交通高峰時間。

那個西班牙女人移到酒櫃前，臉上一團冰在融化。他收回目光，用手撫了撫額前的頭髮，握住酒杯。他感到自己站了起來，朝門口走去，直走到阿爾丹雙人桌的對面，那個位子是為他空著的。很好，彼此不用介紹，也未握手，更不需客套地問候，而是像經常見面的朋友一樣。

他把酒杯握得緊緊的，他很想問阿爾丹臉上的傷是怎麼回事，為什麼要自虐自殘？這時，他聽見阿爾丹在說：

「我知道你喜歡柳小柳！但我不是有意的。你明白她讓人不得不喜歡，不得不愛！」

還是當年年輕英俊的法語教師，一點也沒變，變的是外殼。他和阿爾丹兩人太像，又太不相像。來見阿爾丹是為了柳小柳，為了找一個可以談論柳小柳的人，還是為了真心想幫幫當年的對手？種種因素，可能都占一些。當年知道底細的人，塵灰一樣失散；滲水一樣出國，五洲四洋，連一絲波紋、一個影子也不剩。老的老死，病的病死，苦的苦死，更多的是麻木不仁。福禍都一樣。哪怕是中文通，一個外國人要想弄清怎麼一回事，不過是性急地做了一個白日夢。那麼混亂的年代，發生過太多說來驚人的事，有幾件水落石出，追問得出個因由？

太陽沉入西邊，樹叢和凱旋門鍍上神秘的紅色，阿爾丹臉轉暗，些許逆光擦過他的面頰、鬢角的白髮、肩，眼睛更為閃亮。他一動不動注視著，第二杯啤酒順暢地滑下喉嚨，沈鬱地飆出一種引導他往下說的力量。

阿爾丹講《米拉波橋》。那是他第一次知道法語音質有多美。塞納河在米拉波橋下揚波……愛情消逝了像一江流逝的春水，愛情消逝了，生命多麼迂迴。他終於笑了，咱倆坐的這家咖啡館也有這首詩，難道不是天意？柳小柳是在這一天和所有女生一樣，嘴裡不停地談論著你的朗誦、你的博學、你文雅的儀表。你請她晚上去你宿舍喝真正法國咖啡。她說不知該不該？她應該明白。但她還是去了。

是從那一刻開始。阿爾丹聲音濃重，卻毫無嘶啞。我和她便落入學校的監視盯梢之中的？他點了點頭。第二天，柳小柳便被叫到校外事辦公室。要她交代。交代什麼呀？她給嚇傻了。包括你上課下課遞給她的紙條、送給她的書都被勒令交出。從那天之後，她很少在課堂上出現。不久東西搬出宿舍，誰也不知道她到哪裡去了。

她可從未告訴過我。只有一次，我給她我用毛筆從《采薇》裡抄下的句子——昔我往矣，楊柳依依。今我來思，雨雪霏霏。她轉身離去時眼裡含著淚。可一個月後，上課時，那個早晨，我突然發現她的座位空了，以為她生病了，但一週過去，那座位仍空著。從那以後，我再也沒見過她。阿爾丹的敘說方式幾乎和書裡一樣陰冷，語言略轉平常，撞擊力毫不減色，直逼所敘說的內核。他的身子微微動了動，晚霞的餘暉已在他身後轉換成一片混沌的天青色。

「那段時間，我在火車上過日子，從北京怒喊到南京，從南京絞盡腦汁到北京。」

他胸口像有重物擠壓，緩不過氣來，且渴得厲害。他猛喝一口啤酒。不久學校裡便傳開了，柳小柳生活上的問題，是政治問題，叛國！看著你像個受傷的猛獸四處碰壁，我承認自己內心潛游著快意，哪怕她不懂不敢再理你，連我這個平日裡她最信賴的人也不理。可笑的是，我的快意只一瞬就結束了，我也看不到她。打聽了整整半年，才知她先是關起來，然後才被送到四川大學法文系，去寫檢查。你想像力再豐富，也不會找到成都去。

有幾次，我在校園裡看見你，兩眼炯炯卻無神，東瞧西顧，掉魂似的。我知道你在找什麼。我沒有上前跟你打招呼。你身後有幾個「跟班」，誰和你說了話，都得去黨委報告。走過種滿萬年青的花壇，聽見你在叫我的名字，只能當一陣風吹過。況且，我也無話對你可說，甚至，比任何一個人都更不願你嗅到一星兒她的蛛絲馬跡。

「後來呢？」阿爾丹緊追不捨，「我被趕出中國後。」

他去了一次衛生間，為了放鬆那些啤酒的壓力。抽水馬桶在嘩嘩地響，他洗手時不願往鏡子裡瞧。不看還行，若看那形象一定讓自己感到難堪。這個已被夜色籠罩的時候，他僅僅是甩了甩頭，想把披掛在頭上靠不住的燈光甩掉。

當時，教書的一群法國青年男女，無數的風流韻事，喝酒打架，把那個文革前的古板校園弄得浪漫無比。很明智地只是在法國人之間，只有這個阿爾丹像一副書生樣子，文質彬彬，矜持自重。用功的學生都喜歡他，保衛部門卻覺得這樣的人更危險，對他的行蹤監視最嚴，也許是他常到中文系聽明清文學課引起麻煩。

「後來，」回到自己的座位，他接著阿爾丹剛才的話，說，「後來便不上課了，造反了！各自拉起一幫人鬧革命，用紅寶書，也用刀槍。」

「最後是軍隊押著『復課』，也就是坐在教室裡讀毛著。大學生得壓一壓才懂乖巧。你是六八屆畢業的，你一定見過她，對不對？」

「復課？」他眼裡閃過柳小柳。就是那時，趁一片亂糟糟，她從成都回到南京家中，到學校來，見沒人注意她，便索性住回了原來的宿舍，家中已不能住了。

他在路上見到她時，嚇了一跳。幾年不見，二人都變了許多。她清瘦，眉目淒冷，添了幾分滄桑，但比以前更美。而他正因造反太積極，現在面臨被軍隊支持的對方組織清算的危險。她轉頭離去，沒有理他。難道我有什麼對不起她的地方？我沒有出賣過阿爾丹，我沒有告過密。她怎麼能對我這樣？

她心裡只有那個法國佬！他忿忿地想。

咖啡館人更多了，唱機上響著一支舞曲。趁著酒勁，認識和不認識的顧客在酒櫃前跳舞。煙霧中夾有女人快樂的尖笑、男人應合的吼叫。氣氛熱烈。

對面的阿爾丹又開始拿起煙斗，裝煙絲，點火。

侍者送來一杯啤酒。他從皮夾子裡掏錢，他搞不清，也不想搞清這已是第幾杯了？

阿爾丹抽得不多，只是在不斷用大拇指壓煙斗裡的煙絲。

酒粘旋在舌頭上，澀澀的，喉嚨乾燥，酒流下去便極舒服，因而他吐出的法文慢一點，卻還是條理不亂、有次有序的。

秦淮燈船酒旗，何處笙簫。飄飄白鳥，綠水滔滔。玄武湖，大行宮，北園草坪，圖書館。無非枯井頹巢，磚苔砌草。他每說一字一詞，捲裹的舊日便鋪展開一段，阿爾丹托著煙斗的手和整張臉就扭動一下。

那是九月一個燠熱的下午，天悶得隨時要下雷陣雨似的。他在樓道盥洗室用自來水龍管沖了沖涼水，回到房間，把濕毛巾搭在靠窗和牆間的鐵絲上。看見柳小柳從東樓方向出來，走在宿舍樓相圍的空壩上，戴了頂大海航行靠舵手草帽，露出兩條黑黑的辮子，白襯衣，白裙，塑料涼鞋，肩上挎著一個軍布書包，裝得脹鼓鼓的。那天週一，她肯定是剛從城西家裡回來。

宿舍裡其他幾個同學都回來了，他們剛去女生宿舍貼了一張大字報。可以壓壓對方組織的囂張氣焰，也可轉移一下批鬥壓力。貼柳小柳大字報的事，不是他想出來的。如果他反對，他們或許不會貼，這班人平常都聽他的。他就是沒有說話，似乎大字報批的對象他完全不認識。「我們身邊就有一個影響最壞的女特務，怎麼能允許她溜過？」他的注意力在柳小柳窄肩細腰文靜好看的走路動作上。男生宿舍樓呈凹形相對女生宿舍樓。所有的大門向南開，靠門一邊為單號，靠北一邊為雙號。女生都集中在一幢樓裡，門朝圍牆和樹林。他任憑房間裡的嘈雜，自個兒站在窗前，直到柳小柳消失在大樓拐角處。

跳樓了！有人跳樓了！他心裡驟然一驚，身體本能地和所有聽見喊聲的人一樣往外衝。一九六八年清理階級隊伍開始，校內每三天就有人自殺，每次都是萬人空樓的觀看。他已經拒絕去看死人的演出，但這次不同，一種預感——覺得恐怕與自己有關？他占了一樓的光，反應又快，第一個跑出樓，跑到前面。因為跑得太快，太陽光刺得他眼花撩亂，他幾乎被什麼東西絆倒在地。

站穩了，一瞧，地上果真是她：白衣白裙一滴灰也沒有，只是裙子不太雅觀飛起，露出修長的腿，和身上其他部位的皮膚一樣，像一種很細的絲織品。一條辮子壓在身下，一條辮子在努力遠離身體。全身完好，四肢和臉無一損傷，眼睛睜開，黝黑發亮，盯著一個方向，他的方向。她像好玩似地躺在那兒，又像在對他說著什麼。突然，血如一根細線，從她左邊的嘴角流出。

他蹲下，機械地把翻捲的白裙拉好，蓋住她的膝蓋。蹲下，就意味著站不起來，他的腦袋好像炸碎了，空空的，不復存在。

他們說，那張「剝開跟法國資產階級上床的女鬼畫皮」的大字報貼在女生宿舍樓門口，限令柳小柳在二十四小時內交代賣國投敵罪行。女學生們熱禍一樣多，擠著看。見柳小柳走來，閃出一條道。她仔細地看了一遍漿糊未乾的大字報，就蹬蹬蹬上樓。與她同室平日相處還可以的同學，跟在她的身後。一前一後走進五〇二室，還未來得及說句話，便見她一聲不吭一手取掉頭上的草帽，一手把脹鼓鼓的軍布書包往自己床鋪一扔，就從五〇二室敞開的窗戶射了出去。雙臂張開，飛墜在宿舍樓間的空壩上。

柳小柳被送到鼓樓醫院，醫生說這還能救嗎——心臟位移？

他本以為柳小柳美麗的容貌下，是一顆軟弱柔順甚至苟活的心，隨風吹到哪兒就哪兒，但沒想到她像瓷瓶，堅硬，卻易碎。她對這個世界絕望之極，早就打定主意，只等一個信號。那時我們都才二十一歲！他躺倒在宿舍床上，蚊帳把他與外界隔絕開來，他的眼淚流了下來。那一瞬間，他才清晰地意識到自己失去了什麼，並將為此終身浮滿陰霾，不願回顧。但一切都太晚了。

他被押到軍墾農場。他寫了無數認罪坦白書，他的「反軍罪」千條萬條，卻沒有一條涉及柳小柳。在這事上，誰也沒說他有罪，越這樣，他越不這麼看。之後，發配到煤礦挖了近十年煤，至文革結束研究生制度恢復，到八十年代初允許自找獎學金留學。

他說自己現在回憶這一切，是為了使阿爾丹忘記。生活就得學會遺忘，清除一些東西，一些讓人窘困愴惶的東西。對面馬路閃爍著形狀不一的光環，在黑夜裡游來游去。那是一種可折可彎的夜光玩具，遊客喜歡戴在頭頂、套在手腕、脖頸或腰上。他和阿爾丹都看見了。

「對噩夢，得採取輕盈的姿勢，抖落羽毛上的血淚，飛過去！」

「三十年，可不是一瞬，如此漫長，能飛過嗎？」阿爾丹問。

他點了點頭，說，「能辦到，試試，再試試。」

「你們中國人能那麼飛翔，恐怕我們法國人不行。」阿爾丹這句無不嘲諷的話，像帶鈎的釘子扎扭在肉裡，痛得他說不出話來。要做中國人就必須堅強，「傷痕文學」二年就讓中國人煩了。他求救似地端起酒杯，卻發現杯子早空了，他對面的座位，如只剩下泡沫痕跡的酒杯一樣，根本就沒有阿爾丹。他仍坐在店內原來的位置上。

他湊近玻璃窗，看見阿爾丹坐在露天桌前，像尊雕塑一動不動。

是的，即使自己走向阿爾丹，自己也不可能講出柳小柳的結局。內疚、愧恨和應擔當的責任阻礙了他，如果自己真是懷著幫阿爾丹一把，那還有比什麼都不說更適合的呢？柳小柳要麼香消玉殞；要麼成了一個半老太婆，在什麼地方混日子似地活著。阿爾丹把謎底認作希望，握在手中，而不肯開啟，無疑這希望是他活下去的藉口。

他穿過歡聲笑語跳舞的人群，走到門口，突然想到，不對，阿爾丹從露天桌進咖啡店內來打過一次電話，出店時，朝自己方向看了一眼，分明應當看見了當時唯一的一個東方人。他雖不再是當年那個年輕學生，阿爾丹一定認出了自己，而且和自己一樣臨時改變了主意，不用了解——或許已從他眼裡知道了？或許不願知道？他們沒說一句話，也一樣達到了會面的目的。

阿爾丹不在那兒了。他站在阿爾丹待過的桌前，滿滿一缸煙灰，一個高腳玻璃杯，幾滴殘酒，緊挨著在黑暗中白得驚人的玫瑰。

小心繞開桌子旁那些放置不整齊的竹椅，他朝羅浮宮方向走，走了幾步，停住，轉過身：阿爾丹正慢慢走在馬路邊，面朝透明的舊凱旋門，他的腿又腐又拐，背彎到駝的程度，衰老、沉重，大衣灌滿了風，那麼隨意地晃蕩著。

他想叫住阿爾丹，張開嘴，卻一個字也吐不出。他的腦子全是阿爾丹《桃花之咒》裡的句子：那是飽滿的種籽，撒在紅色的陰影裡。看它與我們的心誰肯易嫁，看它與我們的眼睛誰含著遲鈍的汁液，看它與我們誰有被畫醜的面孔？朝避霜雷，夕避蟲獸。當我們被摒棄時，唯有它是因為我們而生長，毫不動搖地盛開，一個月份一個月份地捱到被摘取的這一天。

忍住身體掙扎，他掉轉過頭。被黑夜主宰的酒吧咖啡館一個比一個神秘浪漫，錚錚地發出誘人的光亮。他與自己的影子周旋，從香舍里榭大道折向南走。塞納河兩岸，鍍金圓頂、披綠鏽銅塑像、樹、房屋若隱若現。街角和橋欄佇立著游動著情侶遊客，單個的多半是不正常的人。街頭樂隊電吉他彈奏的流行歌曲從河對岸飄移過來，曲調很適合這個夜晚。

風變得涼氣襲人。他拉拉西裝，讓衣領豎起來。順著沿河步道走，像踩在那揮也揮不去的流行歌曲上。一艘大遊艇穿過橋，為娛樂遊客，巨燈掃向岸上，正好照亮他，他成為遊艇上愚蠢的觀光者注視的物體。他想用手遮擋眼睛，只覺腳下一滑，便感到自己跌下一個空間。那兒冰涼刺骨，積蓄在他身體內的酒精全從胃裡衝出來了，頭轟地一下灼熱。像是水，像是汗，濃稠卻又清淡，纏繞著他，他吸了口氣。《食蓮者》的題詞，是這樣的麼？我們在相互認識的苦痛中緊緊擁抱，使我們能挺住，不被悲傷擊倒。他揮動手臂游著，他和阿爾丹總會見面的吧？那樣的見面不會像這個晚上？還有，他將抱歉地告訴蘇珊娜，他無法指導她的論文，這個題目是根本不能作學問的。《桃花扇》那許多現代改編者處理結尾，自以為得計。李香君該罵侯方域少節氣？侯方域該責李香君無情理？不，不，孔尚任是對的：兩人理該分別出家，永不會面，男有男境，女有女界。大劫大難之後，國在哪裡？家在哪裡？

他游得比自己想像的從容。

縈繞在耳畔的流行歌曲終於飄遠了，他感到自己的雙臂不再是在劃動，而是飛起來，慢慢地融入了溫暖的高度，恍惚之中，他看到了地面。

——一九九五年十一月十二日獲《聯合報》十七屆短篇小說獎

附錄：靈魂的傷痕——劉紀蕙

文中技巧的利用新舊凱旋門在某一角度下觀看，會相互鑲嵌，甚至重合的比喻，隱指敘述者與阿爾丹的重合，或是柳小柳與孔尚任《桃花扇》故事中的李香君重合，孔尚任《桃花扇》中國破家亡的感嘆與阿爾丹的桃花扇重合，甚至是散文、詩與小說幾種不同文體的文本的相互鑲嵌與重合。

但是，柳小柳是誰？阿爾丹是誰？在阿爾丹的筆下，「每次說的故事不一樣，一會兒是秦淮名妓，一會兒是革命之家異端女兒。」柳小柳是想像中的中國，是「暮春三月，江南草長」中，「溫柔纖秀而古典」的中國，是西方「對那個陌生的東方，說出的唯一名字」。而現代中國的臉「一式鋼鐵鑄的，一滴淚也掛不住。他們的服飾一式綠，閃著灼人的光焰。……讓我……再也到不了她的面前。」雖然仍舊懷想，卻永遠無法再到達這個古典中國。阿波里奈爾的詩句「時光消逝了我沒有移動」說明了阿爾丹的等待與執著。

阿爾丹是迷戀古典中國的西方，而阿爾丹如詩般的吟唱卻鑲嵌在敘述者的聲音與文本中，也是敘述者內心的聲音，一種異國的聲音，一種被壓抑的聲音。

敘述者眼見著柳小柳被羞辱，眼見著她自盡。對於她的死，他有一份共犯的罪疚感。這是當年紅衛兵年齡層的中國人目睹文革時代對舊有文化摧殘而有的罪疚感。但是，他卻不願去碰觸這個靈魂上的傷痕。「生活就得學會遺忘，清除一些東西，一生讓人窘困倉皇的東西。」「對噩夢，得採取輕盈的姿勢，抖落羽毛上的血淚，飛過去！」中國人是善於遺忘，善於飛翔的。幾千年忍過來了，還有什麼不能忍。於是，自我說服之後，小說結束時，敘述者感覺到自己飛了起來，「慢慢融入了溫暖的高度」。

一段文革時的悲劇在淡淡敘述中轉折逸出，而篇名〈飛翔〉則點出了這棄沈重而飛翔的無奈與自諷。此文筆調成熟，文字老練，是一篇難得的佳作。

——一九九五年十一月二十日《聯合報》副刊

小折

樓臺開著貞潔的花
而青銅刀跟了上來
——引自舊作《回憶之灰》

那年春天來去匆匆。小折摘下給父親戴的黑紗時，榆樹還沒吐黃。還沒來得及把神志收束過來，就到了臨考磨槍的時候。越是爭分奪秒拳打腳踢，越是收不住心思。真是折騰人。她活不過十八歲！真像那個會算命的朋友偷偷警告的那樣，或許不錯。她生下不足四斤，不哭不鬧。五歲了還一丁點兒，吃得少，每日每夜大睜黑眼。病跟著難，一年挨過一年，小折已十七歲：一個老想跟自己過不去的年齡。

太陽眩目，叫人連連眨眼。她挎著脹鼓鼓的書包，手裡抱著一疊復習資料和筆記本推開門，進了一個陳舊的庭院。凋零的花，委屈在盛開的花中。竹一根根斜立、直插，只有土的顏色在她的眼裡。母親站在窗前，不知心在何處，對她放學回家毫無感應。

坐在自己的桌前，小折轉過身，說，我看見爸在溪邊，一步一步走得紮實。她看到母親頭搖了一下。她有點滿意，打開攤在桌上的書，昨天夜裡爸爸對我說，他的詩全都是為你寫的。小折從書包裡拿出筆。父親是有名的愛情歌者，浪漫情調永遠年輕的詩人。她聽到母親將窗弄得吱嘎響，小折，別提夢。別說你爸！我告訴過你好多次了。母親在開窗透風。

不說爸爸，那說誰呢？小折的臉從書堆後抬起，滿是真誠的疑惑。

母親穿了件絲綢長袖裙，貝殼銀白色。背過身去，身段可以做小折的姐姐。你有個姐姐媽，同學都對小折說。她鄙夷地看了一眼母親。牆外太陽西去，苔蘚在牆上泛出橙色。幾絲風，踏著蟬的節奏，悠悠踱在課本白紙黑字間：

> 夫唯不知。是以不我知。知我者希。賊我者貴。

輕聲點不行嗎？母親說。

小折只當沒聽見。朱紅沙木雕椅被母親的屁股摩擦出怪聲。母親平常很少去作協上班，派的工作是為亡夫整理遺稿。

回想字形字義。小折身子不動，閉上眼睛，澄清雜物，留下空白好默記。

母親悄無聲息，拖著一雙黛綠繡花鞋。走過門道，停在小折身後。但隨即進了書房，她一本接一本抽書，聲音如耗子啃木頭。小折豎起耳朵聽，從桌上一小方鏡窺視。母親停在一本灰樸樸的書上，手指夾住作者介紹，一目閱到尾，再翻到印刷年月。她停住了，合攏書，放回原處。

五色令人目盲。馳騁畋獵令人心狂。難得之貨令人行妨。

她看著他的身影消失在院門外，卻若有所失。好，這就很好。她對自己說。拉開燈，她仍坐在桌前復習功課，預習明日地理溫差及季節變換。

他來過？母親的聲音響起。

她真監視我。沒冤枉她。小折難以理會溫柔嫻慧的母親躲在窗外偷聽房內的心理。她等著母親發火。但母親沒作聲，只是怨恨地看著她。

你從來都不喜歡我。小折傷心地說。

小折，小折。這不是真的。母親委屈得幾乎淚下，她說，小折父親久病不癒。沒辦法。她的聲音淒然，感嘆有些事小折不會明白。誰會想到他得了胃癌。

小折聽到胃癌兩字，心就大面積疼痛。她無力駁斥母親，只得聽著。母親說，小折父親在床上一躺就三年。他在床上起不來，要嗎啡止痛。人不成人，鬼不成鬼。……

母親說的是老一套話。小折心裡罵母親，你從來都是那麼不要臉。

他身上一直有股奇怪的氣味，如麝香。小折從小喜歡聞這種麝香中藥味。他是醫生，卻喜歡舞文弄墨。帶幾頁詩文，上門與父親切磋詩藝。他彬彬有禮地說話。而母親偎依在父親一旁，嫻靜、優雅、幸福，細語如鶯啼。小折想到這一幕，忍不住噁心。而她以前還特別喜歡這種氣氛，坐在旁邊，像隻小貓。

母親從廚房走到客廳。杯盤碰撞聲至深夜。他頻頻舉杯。父親不勝酒力，醉成半個神仙。父親詩藝在他之上，酒技卻在他之下。母親扶父親到床上，父親酣睡，恬然，如嬰孩。名詩人，作協養著，還有無數崇拜者。他說你們真是郎才女貌，天造地設。母親羞紅了臉，十分美麗。小折從床上醒來，赤腳走到客廳門前。酒氣悶人，燈光陰亮，她停了下來。看著這位客人客客氣氣地向母親告別。她不喜歡讓他走。

母親的笑聲，稀哩嘩啦像玩具倒在小折腳邊，清脆、快樂。小折回到床上，不知為什麼，身子直抖。

她在江邊走著。繁華的碼頭，高樓林立。城市依山而建。從下游乘船而來的人，乍一瞧，城市漂浮水上，恍若海市蜃樓。星期天，跑出門的人，如群群蟻螻爬在各個角落。船奔來奔去運載不及。二角錢一斤，來喲！又甜又脆。小販砍甘蔗，吼聲高昂像唱川劇。刀在不停地揮舞，皮層層飛在沙灘上。要是砍在她的身上，又怎麼樣？或是她迎上去，或是她朝飛馳的車撲去，又怎麼樣？若車輛歪斜到人行道上，直衝她來，又怎麼樣？一般人有我這樣內心的瘋狂嗎？

小折的目光從水泥圍欄上縮回。那次是有意。她手握兩顆黃澄澄的杏，說專為他留著。她，剛滿十三歲，穿著毛衣，繫了根紅紗巾。專在輪渡口等他。那天的小折，用他的話說異常可愛，像個幸福的小蜜蜂。他住在離她不過兩條街遠。從對岸乘輪渡回來，走在跳板上，她就向他招手。接著便哼哼唱唱，在他身前身後飛來飛去。

電車慢吞吞爬坡。書店、布店、鞋店、賓館、電影院，擠得像車裡乘客。小折陡覺輕鬆。她倦於必須死記硬背的年代、事件、所謂的意義。商店誘惑在於琳琅滿目，不給你想的機會。她停在化妝品櫃臺前，雪花膏、口紅、眉筆、香水、洗髮液發出的氣息圍緊她。他對小折真不錯。城北那家百貨大樓，口紅重新時興，母親買了一支。而他為小折選了一件藏藍色燈芯絨外套。母親回家卻說衣服顏色不對，勸小折別穿。他想我快點長大。小折不經意地回答。她知道母親這麼說是為什麼。母親的臉蒙了一層灰朦朦的網，剛塗的口紅，使她的嘴唇濕潤、鮮亮。鳳眼。街上相命書說，生有這種眼睛的人，性凶主夭。母親眼睛大而扁長。小折越看母親越是鳳眼，她不得不防。天長日久，藏藍色燈芯絨衫成了小折服，她穿在身上，堅實大方，有種凜然不可侵犯之勢。每次他來家，見了小折，喜歡逗弄這隻小蜜蜂。母親的眼睛，美麗地瞧著他和小折打趣。

他走了。母親點穿小折，你是有意的。

掃地的小折停住了，那你為什麼不花錢買一件給我？桃紅，翠綠，小折搶白母親。面臨高考，母親不再動不動就訓小折。但那雙眼睛卻時不時游向讀書的小折，小折覺得背上有把刷子，極不舒服。

一件桔紅色裙子，標價二十三元。她試了試，合她瘦瘦的個子，腦子轉著自己穿上的效果：他會喜歡。口袋裡父親給的零花錢粘住她的手，彷彿父親體溫猶存，她捨不得花。聽他對母親說過，他喜歡女人穿桔紅色，宛若新人。可我不是女人。小妖精，可憐巴巴的仇恨家，僅僅如此而已。小折問店主，降價嗎？不降價，店主說。小折沒法。走了十步之遠，左想右想，她又折回這家個體小店。心裡罵著，買了裙子，小心抱在懷裡，人蹦跳在傾斜的石階上。

街尾茶座客人寥寥無幾。門匾卻光彩照人，「誘你來」三字，一字比一字大。你不來，誘你也不來。你來，不誘你也來。樓下賣牛奶咖啡冷飲。小折徑直朝樓上牆邊的位置走去。樓上窗很低，但也是清一色的竹桌椅，一個客人也沒有。茶房跟著小折上樓，待她坐定之後，問她要什麼冷飲，天府可樂？不，蓋碗沱茶。喝老茶客的沱茶，真正品出茶之韻味。女孩子一人上茶館沒什麼可奇怪的。小折是常客，隔些日子，必逃離家來茶座坐坐，看看街景。在一個大雪天，父親帶她來這兒。那碗茶溫暖依舊，父親卻撒手走了。淒涼之中想起父親，她眼睛紅紅，幾滴淚滾下衣襟。燈罩晃動，沙發移動了方向，她只聽得見一女一男的談話聲，連同低低的音樂纏在一起。爸爸，那的確是真的，跟夢裡見到的一樣。三年前的一天夜裡，你去溫泉開詩會不在家，卻有種聲音驚醒了我。那盆君子蘭還開著嫣紅的花。母親的喘息像病雞。小折揭開碗蓋，茉莉花的白和香，在茶水之中尤其動人。

街面較寬，相隔十來副籮筐兩三步石階。叫賣吼聲還慣漫罵聲如往日，熙熙攘攘的人之中，家庭婦女和小孩居多。突然這些聲音紛紛退卻，鐃鈸、鎖喇、鑼打一片沉重的節奏，鞭炮爆響，煙、笑聲、吆喝聲夾混著，湧進窗來。小折離桌，從窗口探出頭。一輛紅轎，十六人抬著，紅綢牽引的隊伍，抬著包裹紅布的枕頭、被子、床單，八鋪八蓋，以及活雞活鴨活魚。舊得個五彩繽紛。可不，他說，難道你還要我抬大轎來你家。小折說，當然，人家大姑娘一個，必須十六人抬大轎，否則不嫁。

茶房遠遠伸過長嘴壺，滾燙的開水傾入她喝了一小半的茶碗，滴水不漏，好本事。茶葉沈入碗底，有幾片掛在面上，像水上芭蕾。父親說這樣的茶是好茶。

剛下樓梯，小折聽見一個聲音對自己說，小折，你在這兒？他坐在那裡，正抽著煙。是自己近視，說話的不過是一個熟人。目光回向街上吹打的隊伍，她與熟人打過招呼，跨出「誘你來」茶座。為什麼盡想到他？小折向他要過一支大前門。起初他不給，說抽煙不好，女孩子尤其不能抽。小折說，我想試試。他搖頭。她一番軟纏硬磨，並一再保證下不為例。他終發善心，賞給小折一支。小折點燃火，將煙含在嘴裡。第一口煙嗆得她咳嗽不已。第二口，喉嚨辣辣的，之後呼進煙，小折便無事了，她瞧著他，感激之情中夾有新得來的大人感、女人感。

打開衣櫃，小折取出一個衣架掛上新裙子。衣櫃裡兩根領帶，一根素淨，魚肚白；一根鮮艷，玫瑰紅襯牙色條紋，父親出門喜歡輪換繫它們。穿西服，使個子頎長、背微微有點駝的父親看起來，精神、文氣、詩人味十足。老師不知從哪裡打聽出，小折的父親就是某某大詩人，如獲至寶，讓小折帶一封蓋有公章的信回家請父親到學校作報告。小折不敢，悶了一晚上，才慢吞吞取出信來。父親瞧著小折一臉愁相，說只要我的公主一聲令下，我就上，不惜赴湯蹈火。小折對父親伸伸舌頭，說，聽著，我學鬼叫。嘎嘎嘎的聲音，卻像鴨子。她喜歡父親的笑聲，眼鏡後那雙眼睛，永遠那麼慈祥。小折一頭倒在床上，伸展四肢，手觸及枕邊的書，她趕緊翻身起來，坐在桌前。母親房中有說話聲，非常清晰。昨夜的夢，使她下體一片潮濕，她驚慌失措，她的手，本能地、不由自主地放在自己蓓蕾般茁壯成長的乳房上。你是個壞女孩！第一次她要他吻她，他就這麼說。她說吻額頭。吻了額頭，又說，再吻吻臉。當她的嘴靠近他的嘴時，她全身發熱，手直打哆嗦。狂奔出他的房間，一口氣跑回家。那個下午的雲，是一點點移到這個庭院的。天氣預報說有雨。但風逐漸大起來，吹散了屋頂的雲，天藍盈盈的，直到月亮出來。

母親似乎在和他爭吵。但看見小折的頭露在窗前，便立即停了下來，換了一種溫和、略帶親暱的口氣說話，那仔細描畫的眉、眼，使小折感到做了寡婦的母親似乎年輕了十多歲，而她自己永遠不會有母親的魅力，她只占了青春的便宜。難怪他不捨母親？他沒有看見小折，他的背那麼寬，幾乎遮住了母親。

小折縮回了頭。

回到房裡，小折脫下衣服。動作迅速而顯得慌亂。她在衣櫃裡找到剛買來的那件桔紅色的裙子。穿上之後，對著鏡子，她梳了梳頭髮，用梳子裹住額前的瀏海，使瀏海朝裡稍稍有點卷曲。她的臉離開鏡子，心，急促地跳起來，她拉了拉V形領口，喘了一口氣。

她出現在母親房裡，笑著對他說今天我媽買了魚，你運氣多好！那口氣、那神態，似乎昨天晚上什麼事也沒有發生。他笑著答應。母親冷眼把小折通體搜了一遍。他和母親都未讚賞小折的裙子，但小折知道，自己著意的打扮已起了作用。母親在廚房刮魚鱗，耳朵卻伸長，時不時到房中來。

小折垂下頭，羞愧萬分，向他道歉。說你打我罵我都行，但不要不理我。她不顧母親隔門的耳朵游來，拉住他的臂膀直搖。他嘆了一口氣，說，你真是一個孩子。

飯席之上，小折談興極濃，盡說些痴話，讓母親和他覺得奇怪。其實小折不過是談談學校裡的奇事，比如廁所裡女生寫的怪話。男生爬過牆來驚嚇一群女生提著褲子往外跑。男生自然受到留校查看處分。他問母親《小河那邊》寫得怎麼樣？母親吃得特別少，說不錯，姐弟愛情。小折插話，說她也看了這篇小說。

你不好好復習功課，母親說，看看報紙上如何說陳景潤的。你怎麼看這種書？

都看，我們班上沒有誰不看。小折說，媽，你的口氣怎麼和我們班主任一樣？說著，小折繪聲繪色學了起來：古人尚能頭懸樑錐刺股，我們更應發揮愚公移山精神、董存端炸雕堡精神、雷鋒釘子精神。她說英語老師就深得同學擁護，給他們讀《簡愛》原文，並翻譯給他們聽。母親舉著筷子，難下嚥。小折溜空吃魚，不時往他的碗裡挾菜，像簡愛嫁個比自己大二十歲的男人，多好。她的眼睛點點線線都是火。他只當沒看見。

快吃，快吃。吃完了回房間看書去。母親的手指輕輕敲了敲桌子，不讓小折說下去。

離高考還有一個多月，小折嘴嘟了起來。

一頓飯餘下的時間沒有一個人說話。母親默默收起碗筷到廚房。他用抹布擦桌子，嚴肅地說，小折，你得抓緊點，考上大學，讓你媽高興。

我知道。小折輕聲回答。

語文老師在念小折的作文。黃昏如血，那是父親死去的時候。小折說自己與父親分離是假，因為黃昏每天必來到。她長到床頭高，再長到飯桌高，父親每晚教她背唐詩，二十五弦彈夜月，不勝清怨卻飛回。兩鬢斑白的語文老師停下說，你父親真明白什麼是好詩。語文老師接著念，無緣無故我總站在父親的桌子邊，看父親寫字，並把認識的字念出聲。父親拍我的頭笑了起來。我喜歡父親的笑聲。喝了點酒之後，父親總愛讀詩：

誰人的秋天有我這般冷清又豐富
雁子們禁不住泣喚
天邊擦過一句句旦旦誓言
盛開一個比秋天更美的印象

母親捧著本書，要麼就待在臥室不出來。你們親如一家，我是外人。她喜歡說風涼話。

父親看小折的作業，手指輕輕敲著膝蓋，連聲說好。

小折扶作過手術剛從醫院回家的父親，在庭院裡散步。連著下了三天雨，霧天濛濛沉沉。蜈蚣蟲在石板地上蠕動。小折，你媽肯定在他那裡。父親停住腳步。小折蹲在地上，手裡拿著一朵蒲公英，她吹著，裝著沒聽見。蒲公英慢慢飄散，越飛越遠。父親躺在床上，舊話重提，小折經不住父親眼睛的注視，低下了頭，她的話像一挺生滿鐵鏽的機關槍，結結巴巴，斷斷續續地掃射。父親倒下，他本就躺在那兒。他伸出手，手心朝內，遮住臉。她問父親，什麼意思？

就這個意思。父親回答。

小折沒有再問，也沒有再說話。院門吱嘎一聲，母親的腳步上了臺階，父親拍了一下她的頭。她站起來。街上傳來鄧麗君的歌聲，街油子提著日產山羊招搖過市，跟著鄧麗君一曲高歌：

芳和香在尋找
金木枝枝看不見

母親把兩包草藥放在廚房，裝入小瓦罐。她看了看藥碗，黑湯湯的藥水還多著呢，用抹布擦灶面。小折正在漱口。母親指著地上一灘水，說小折你怎麼總改不了，老把漱口水弄到池子外？白色泡沫遮住小折半張臉，她溜轉黑眼珠。

父母房裡靜悄悄的，很快熄了燈。小折心等得碰碰直跳，她一會兒責備自己將一團烏雲移入這個家，一會兒氣惱父親不拿母親興師問罪。小折只知父親是胃切除三分之二，而不知是胃癌，否則她或許不會告訴父親，情願守著秘密，讓秘密獨自在心裡開花結果，甚至腐爛。這能怪她嗎？

開門見是小折，他忙不迭端水端糖果。阿姨呢？小折問。他說他妻子回父母家看老人。小折穿著白襯衣，腳上是球鞋，一前一後搭在肩上的兩條辮子鬆開，垂掛在臉龐。你真會選好時候來。

你知道我為什麼來嗎？

不知道。你說說。他饒有興趣地看著她。

夜漸漸深了。小折站在和她人差不多高的立地檯燈前，扶著椅子把柄，臉緋紅，她說，我特別想再抽一口煙。

他笑了，說小折不守信用。

抽一口，好嗎？小折邊說邊走到他跟前，靠近他，把他嘴裡的煙摘過來。這就很好了。小折吸了一口，還給他。他的眼光粘在小折吹出煙的嘴唇上，無法移開。他的手搭在小折肩上，小折，你還是一個孩子。

小折豎起手指放在他的嘴上，止住他說下去，以前我這個年齡的女孩子就該出嫁了。

我已是一個老頭，相對你而言。

小折轉了一個圈，他拿開自己的手。你並不老，小折背對著他，頭靠在他的胸口，你不過四十多一點。不老不老，跟羅切斯特一樣。

他送給小折和小折的母親一人一個玻璃松鼠，小小巧巧，活靈活現。她摸黑回到自己房間，卻發現母親坐在她的小床上。不等母親發話，她便掏出兩隻小松鼠來，說他送的，讓母親挑一隻。

母親沒拿松鼠，想說什麼，卻又止住了，一臉憂鬱。出門時，扔下話：今後少去找他。

為什麼？小折問。

他在離婚。

離婚？這年頭怎麼都這樣。我看他和阿姨極好。小折有意說，如果他真離掉了，你就可以和他結婚了？

母親怔了一下。別胡說，誰也比不上你爸爸。

小折從鼻子裡哼了一聲。

你哼什麼？母親從門道裡回過了頭。像做女兒的嗎？打扮得妖形怪狀。你爸爸屍骨未寒……她盯著小折臉看。小折披散在腦後的頭髮，臉不那麼瘦了，少了幾分稚氣。她看了一眼鏡中人，那是少女特有的美。她不理母親的碴，說我這樣和你不就很像了嗎？她的身體落在了椅子上，你不該說我，我不過是在重複你一直做的事而已。

母親仍舊站在那兒，但眼裡濕濕的，似乎盈滿了淚水，她看小折，小折看她，她轉過了身說，我認輸，我搞不過你還不行嗎？

天氣逐漸熱起來。西瓜上市，還有番茄黃瓜江豆藤藤菜尖辣椒，家裡扇子從櫃頂取下，洗淨，擦乾。

躺在床上，一遍遍熟記公元三八六年丙戌正月北魏建立，初稱代國，至同年四月始改國號為魏，四三九年滅北涼，統一北方。一片刀光劍影，眼瞼不願打開，無奈，只好拉拉被單，伸手摸檯燈的按鈕，熄掉燈。昏昏欲睡之中，她聽見有人在敲院門，母親的房門響了。她看了一眼桌上的小鬧鐘，差五分十二點。母親磨蹭了一會兒，走到院門前，問：誰呀？

來者說，是我。

母親聲音大到小折可以聽到的程度，我們都睡了，請回吧！

沒有了聲音，似乎來人走了。母親回到房中，不一會就跑到小折房裡，小折用被單遮住頭，母親卻掀開了小折的被單，說，小折，是你和他約的嗎？

我沒約。黑暗之中小折縮成一團，扯住被單，怯聲說，恐怕是有人約的吧，而有人忘了。

母親拉亮燈，點了點頭，好，好，真不愧為我的女兒！她的臉氣得飛紅，我知道你恨我，沒想到你恨我到如此地步。

誰恨你？我說過你不喜歡我，從來就不喜歡。

母親停了很長時間沒作聲，突然俯下身，咬緊牙齒問，是不是你跟你爸爸說了什麼？

小折不說話。

我要告訴你，若是你胡編亂造，就是你害了你爸爸，加速了他的死。你應當行行好，讓他最後幾個月幸福一些。

你沒資格提我爸爸。小折只是淡淡地說，但淚水湧入了她的眼睛，她伸手關掉燈，說她明天六點半就得起床，上早自習。

母親在黑暗中站了一陣，無聲無息地溜出去了。小折躺在床上，覺得房間裡空氣悶熱，她取來扇子，呼呼而來的風，涼氣幽幽，她扔了扇子，面朝牆，仍睡不著。她只好到客廳，拉開抽屜，翻藥盒裡父親未用完的安眠藥。她打開瓶蓋，取了一片，倒了開水，吞服下去。

頭似乎輕點，心也沒有剛才跳得那麼猛烈了。她到院子裡透新鮮空氣。香蕉樹旁的小雜屋門未鎖，她走了過去，把門閂住。父親在石凳下的一塊青石上磨菜刀那陣，母親站在客廳門檻內，對父親說，別磨了，幹嗎？病了就得休息。陽光中父親臉色紅潤，毫無病態。他在磨刀石上來來回回磨了十來下，對坐在石凳上看磨刀的小折說，這刀太鈍了，切菜切肉都不好使，我死了，他停了下來，望著小折，就沒人磨了。他的聲音低沉，似而輕描淡寫，似而認真。

小折走到廚房，把菜刀小心地拿了起來，看了看，刀刃還像那時一樣鋒利。將刀重新擱回菜板，她猛然回頭，緊靠檯燈的沙發，父親坐在那兒，讚許地露出笑容。小折朝父親走去，撲入他的懷裡，可那裡哪有父親？花朵是什麼？當花朵還是胚芽時，柔順還沒有叛逆時。她的感覺陰冷徹骨，逼迫沙發對面的圓鏡裡一個小人兒，無光無彩，模模糊糊一團。

清晨，小折正用開水泡飯，從泡菜罈子裡挾兩根長長的酸江豆，唏哩呼嚕地吃早飯。母親披頭散髮從她的臥室出來，坐在小折面前：我昨天看見你爸爸，他坐在一把輪椅上。她回憶著，說那地方像醫院寬大的走廊，可怎麼四面都是玻璃？他的背朝著我，喊他，他不答應。小折從來沒有看見母親這般恍恍然。母親繼續說她的夢，她拿了一條毯子，去蓋風中的他，卻趕不上他的輪椅……

媽，小折叫了一聲。

母親驚異小折親熱夾著關心地叫自己，她停了下來。小折擱下飯碗，背起書包，看著母親：老態，皮膚鬆弛，鳳眼垂下。她說她也做了一個夢，夢見院子裡的牆全被風掀塌了，許多風乾的蘿蔔在院子裡滾動。她和母親蹲在地上不停地拾呵拾，跑了這個，跑了那個，急得她的心都掉了出來。

上週他的妻子來找過我，母親手垂在膝上，說不會離開他。

那他怎麼說？小折問。

他能有什麼辦法？你猜他妻子說什麼？竟說她可以不管，離婚是沒門的。母親理了理頭髮，沉默了幾分鐘，仰起臉，對小折說，我們能和好嗎？

當然。小折走過去，輕輕拉著母親的手，臉貼了貼母親的臉，她的動作太自然，反襯得母親坐在那兒不自然了，等小折的母親回過神來，大門響起沉重的關門聲，小折已走出去了，那清晨的天空乾淨，光光滑滑，恍得人的眼睛什麼也看不清楚。

交完數學預測考卷，小折匆匆走出教室，便發現他站在操場上，倚著雙槓，抽著煙。下午的操場，只有兩個班在上體育課，擲鉛球，圍觀的人發出整齊的喊聲。籃球架下，一群穿運動短衣褲的男生，裁判一聲哨，眼睛、手、腳都在爭同一個球。

小折朝他走去，一臉驚愕，你沒上班？

吸掉最後兩口煙，他讓小折跟他走。出校門後，他專挑小道窄巷走。寂靜傾斜的街面，兩邊的牆掛著藤蔓，樹蔭如幽涼陰森的傘，他們來到春森路。這地方經常鬧鬼，故事不斷。

鬼祟的城市，五十年過去，時光仍不減種種可怕。

他的個頭高過小折大半截，小折即使站在石梯上，也小小巧巧，瘦骨嶙峋。我不懂你說什麼，小折笑，你說的什麼，你要相信就相信吧，因為你不願意不相信，是不是？

有兩個路人牽著一個男孩經過。她退後，又上了一步臺階。他目視那三人走遠，從褲袋裡掏出一頁紙，但沒打開。你人小鬼大，他含含糊糊地說，我們不能這樣下去。

你是因為那晚的事？小折想，他對未能進小折家的大門耿耿於懷，便說，難道我媽媽對你就那麼重要？

這是大人之間的事，你別問。他伸手摸小折的臉，你媽早晚會知道我們。

那又怎麼樣？

難以想像。他憂心忡忡，手停在小折的嘴邊輕輕顫抖。

小折一口咬著他的食指，一滴血從他的指頭沁了出來。小折說，想像豐富了吧！夠了，你不過是一個膽小鬼。

他甩了甩手，一臉陌生，看著小折。小折本想對他說，我什麼都不怪你。你真不該背著我爸爸和我媽那樣。他的目光讓她畏懼，她不敢說，也不想說。天空被樹枝割成一塊塊一段段，樹葉歪斜，微微抖動。他攤開手中那頁紙，還給小折。

我該停止這可怕的時間
把自己還給自己，快，趁天還未黑盡
啟開這鎖住陰雲的盒子，用火點燃
在灰燼中
僅僅剩下一隻血淋淋的貓頭鷹

你，一個女孩子，喜歡暴戾。可敬可佩！他嘲諷小折。小折模仿父親之詩而寫，送給他的。這不就是我自討的嗎？她把詩拿在手裡，低聲說了句：我希望你早日成為我的後父。掉頭上了石梯，紙片灑落，心中念念有詞，天下沒有不散的筵席。我走我的陽光道，你走你的月下路。她湧起一陣力量，渴望一口氣爬上長長的石階頂上，那兒有一棵孤零零的桉樹。

深灰色欄杆，很矮，在結實的木柱間。欄杆下花草萎謝，欄杆朝陽的一面，色更淡，木頭從漆裡露出，紋路清晰。遠處的山巒尚未被城市遮擋，但太陽光不弱，她只能虛著眼睛，僅僅一會兒，低頭看課本，漆黑漆黑一團。她把書抱在懷裡，仰躺在涼椅上。

母親在小雜房裡翻著，扔出一些不要的鞋。她的動作急燥。

你找什麼？媽媽。小折像小時口口聲聲叫媽一樣，使母親納悶，她搖了搖頭，說，不找什麼。

小折給自己打氣，世上無難事，只要肯登攀。心中默念地球離太陽一億五千萬公里，赤道直徑一萬二千七百公里，略大於極間直徑。斯比茨卑兒根，一個永遠被冰包圍的島，也在慢慢游入她的腦子。

小折問他，知道薩特對婚姻的態度嗎？

當然！他說你還想考我？

那你呢？

有沒有都一樣。他當然把婚姻看得很淡。半明半暗的江邊，他們的身影一長一短在地上晃動。跑吧，就陪我跑這一段！她哀求他。沙灘上聽不見跑步聲，江水麻木地蕩漾著，留下一段段花邊似的岸。

小折坐在涼椅上，頭脹得痛，那兒是一團亂麻，她很想抽一支煙。遊戲過了，就成真。

她嘲笑自己，笨蛋一個，扔下書本，對母親說，我幫你。母親一股腦兒將地上的一堆破鞋爛椅掃帚扔進小房間，邊關門，邊說，回去，看哪些記不住，再記，抓緊時間！

瞌睡蟲叮著小折，她連連搭下腦袋。或許母親房裡可以找到一支煙。果然，在梳妝臺上，有一盒香煙。是他留下的。她打開一看，不錯，還有三根。

小折抽出一根，劃燃火柴，剛點燃，母親推門進來，小折一慌，未藏住。母親一把奪了過來，掐斷之後，扔進痰盂。但母親沒有動手，她只是重重地嘆了一口氣。你真不爭氣。

小折說，我眼睛直打架，想睡，只好……

還有理由？母親訓道。母親的房子朝西，被一個小山丘擋住光線，沒拉開窗帘，涼幽幽的。父親的遺稿攤了一桌。而他的氣味迂迴在整個房間，小折貪婪地吸了一口，皺了皺鼻子。母親卻在提陳穀爛事，說小折六歲時把她的一件黑呢子大衣，剪短，毀了她的漂亮衣服。母親打趣地說，哈哈，會使大剪刀，了不起，小小年紀當服裝設計師。你什麼事幹不出來！

小折瞟到父親稿子上赫赫寫著：婚姻本是塊聖地，彷彿天堂般潔淨，不是為了播種耕耘，不可夢想收穫云云。

聽著，小折！母親厲聲說。小折扭過細脖頸，一副心不在焉。

我不知道是他教壞了你，還是你教壞了他？母親跟著小折走到客廳，說，有些事我不原諒他。

什麼事？小折坐在沙發上，剝茶几上盤中的花生。母親擺弄窗臺上一隻玻璃松鼠，捏著藍瑩瑩的尾巴。難道還是關於我不成？小折問。

你知道，他根本離不成婚。母親放回松鼠，皺眉，不情願地說，還有你太小，他不該那樣。

不該哪樣？小折叫了起來，自己也不明白為何要否認：你完全搞錯了。你是想跟他結婚想瘋了！

你還想騙我嗎？母親急了，抓住她的臂膀，答應我，小折，別去找他。小折說你弄痛了我。母親放開了手，溫存地說，男人壞著呢！

熄了燈，小折閉上眼睛。像是父親的聲音，在叫她。她睜開了眼睛。晚飯時，他也來了。三人圍著桌子而坐。桌上放著一盤涼拌黃瓜、一盤皮蛋青椒、一碗雞蛋西紅柿湯。嘿，挺豐富的。小折叫了起來。

這可是為你燒的。母親揭開蓋子，露出香噴噴色澤濃厚的紅燒肉。

我昨天夢不好，別人都在互相抄答案，老師單單守著我。小折一高興，就止不住了：老師手裡抽出一把劍直指我胸口。

吃飯吧，又說夢。他一副紳士派頭，西裝褲紮著暗格子白襯衫，說老講夢，夢會更多。他替小折盛入西紅柿蛋花湯。小折不看他。他也不在乎，說，高考就像一個坎，衝衝，加把勁，就過去了。

母親附和他說，對，衝衝就過去了。你考上了，我才放心，也對得起你爸爸。

考不上呢？小折問。

母親沒說話。

小折躺在床上，明白母親是急上加急。自己是非考上不可了，必須考上。音樂聲傳了過來，像是馬勒的《第八交響曲》，聽來殘忍、冷酷。母親還沒睡？她手抓床沿，合上眼睛。

他的眼睛直直地盯著母親，走近母親。他說了一句什麼話，母親臉緋紅，嘴微微張開。母親倒掛在他的脖子上，任他擺布。母親的頭髮、沒穿衣服的身體一一恍動在眼前，她希望他們快點完，但他們卻完不了。

小折轉過身，膝蓋頂住牆，不想想下去，可心卻在為自己的想像找根據。她從床上坐了起來。他把小折的手放在他的那個地方，小折害怕又躍躍欲試，但觸及那個滾燙的玩意，她縮回了手。有什麼了不起的，狗都有那東西。小折罵道，穿起涼拖鞋。夏夜天上全是星星，風微微吹來，可能悶熱在內心，皮膚的感覺就微弱了。快到十二點了，明天是高考的第一天，小折緊張極了，剩下的幾個鐘頭，必須好好睡一覺。她吃了一粒安眠藥，躺下之後，不一會就打起輕微的呼嚕來。

小折拿著一支鋼筆一支圓珠筆准考證草稿紙，剛出校門，就看見母親等在街對面。考得怎麼樣？她追著小折問。

小折不說話。進了家門，母親聲音大起來：怎麼早上會睡過頭了？要不是我叫醒你，你就誤大事了。小折撲在床上，不理母親。母親突然明白什麼似的，笑了起來：說說呀，是不是做得不錯，得意了，不理人了。

糟極了，腦子一盆漿糊，越考越急、越慌。小折翻過身，抱著頭，不願睜開眼睛，叫道：頭痛死了！母親不太相信，停了一會兒，才彎下身，摸小折的額頭，說，好好的。別熊樣。她突然明白過來，問，是不是你又偷吃安眠藥了？

小折點了點頭，委屈地說，昨天夜裡我實在睡不著，才吃的。

下過一場雨之後，院子裡的樹木掛著水珠，蘭草花、茉莉幽幽清香飄過來，幾盆仙人掌長勢不錯，有的含苞待放，微露芳蕊。

小折在房中坐臥不安，心情急躁，一會兒翻翻老師猜的考題，一會兒查找可能考的偏題。時間閃得飛快，天黑盡了。小折用涼水沖過身子，經過客廳，母親從臥室走了出來，穿著薄薄的睡裙，兩眼通紅，一人端坐在沙發上。酒氣從她手中的杯子裡散發出來。她像在等他，但又不像。母親會把一條上了鈎的魚放回江裡嗎？她知道她早已不年輕了。

小折又拿起了書本，嘩嘩響的聲音，引來母親悲傷的注視，她慢吞吞地說，別再看書了，再看也沒用。早睡早起！明天把甩掉的分數補回來。

小折說她明白，但睡不著。

你十七歲，是大人了。母親坐到小折床邊，拍著她。小折只好裝睡著。母親走了之後，她睜著眼，對著天花板。不能吃安眠藥，母親全收起來。她很清楚，考不上，在這個家裡，自己是一個多餘的人。她起身，地理不用看了，歷史考前再看一下外國現代部分重大歷史事件時間地點人物，後天的英語只算百分之三十的分，用不著害怕。她反反覆覆，床上床下折騰，深夜一點半了，她的腦子，還像屋頂瓦片上的貓一樣亂轉。

最後一門英語考卷交了之後，小折眼圈黑了一圈，人被剝了一層皮，蔫蔫地走在校園操場上。連連三天考下來，難道一切不是命定的嗎？她感到太陽光充足，空氣新鮮。她慢慢走著，第一次覺得這操場之大，可以讓她從下午走到晚上。

她走呵走，直到樹葉與成績單一齊飛下來，她才醒過來，真正走到了家門。那門陰陰森森。她聽見有人在說話：是誰呀？誰在說話！她有氣無力地說，求你開開門吧，你讓我進去休息一會兒吧！

樹葉從空中飄落。比她瀟灑自如，飄在水面上，飄在她面前的石階上。

小折拿著高考成績通知書，不敢拆開看。她彷彿聽見母親在敲門。她沒理，似乎母親在說，沒出息，早就知道。

他站在那兒，一言不發，煙圈騰起，遮住他的臉、眼睛，只有那手清清楚楚，是那麼的熟悉。

小折笑了，爸爸，這都是你希望的。她撲在通知書上，哭了起來。一會又笑起來。穿了那件桔紅色裙子。她出了庭院。他的香煙味、身上特殊的氣息，似乎尾隨在她身後，繚繞不絕。她看不見路。她可以忘掉一切，完全拋開。但耳朵裡是他的聲音，眼睛裡是他的影子。房間真暗，只有那張小床的白床單清清楚楚。她的手被他握住。她的頭靠在他的胸前，靜聽他的心跳。她動了動。他抱得更緊更牢。但她還是抽出整個身體，退後一步，說，我媽來了。

他的眼睛，遠遠地看她。無燈光的房裡，像雙鬼眼。但也未料及她會這樣。他說，小折你變了。

幾天功夫就變了？沒變。她拉開門，歪一下嘴，聲音平平淡淡，像故意顯出自己不是初出道，一副情場老手派頭。我一直都這樣，你沒覺察而已。

她哭了。他在吻她的母親，他撫摸她的那雙手正在脫她的母親的衣服。淚水，點點滴滴，濕透心愛的裙子，她第一次專專心心是為他而哭。

爸爸，你錯了，你應該把《馬太福音》裡那句話改了念給我聽：

主啊，我弟兄得罪我，我應該饒恕他幾次呢？七次可以了麼？於是主回答，我對你說，一次也不行。

小折猛敲母親的房門。正是午睡時間。

母親帶著一個翡翠色的玉鐲，上面有隱隱約約的血絲，這隻手撐住門框，抵住門，不讓小折進去。露出驚慌的一張臉，問她，什麼事呀，通知書來了嗎？

沒有，小折說，我想和你們一起到江邊玩玩，快穿好衣服，我等你們。

房裡響起一陣低低的說話聲。大約十分鐘後，房門敞開，母親走在前面，他跟在後邊，極不自然，小心地看了小折一眼。

小折臉上掛著笑容。母親和他相互遞了一個眼色，在屋外的欄杆上繫著一個奇大的紅汽球，當她解下汽球的繩子，纏在自己手上時被她看見了。

遠遠的江邊，游泳的人一如往常之多。太陽沒入雲後，一點餘暉也不留下。秋日的天空，藍得乾淨，蒼蒼茫茫，徹徹底底。江水在夏天如猛獸，洶湧膨脹後，雖疲憊下來，洋洋一河水仍舊混濁不清。插著小旗的船在江上嘶鳴，如打招呼，三三兩兩穿行而過，那煙囪，冒出的縷縷青煙，一會兒就散盡了。小折伸手從衣袋裡掏出一張小紙條，展開。那是她的高考成績通知書。她撕了個小洞眼，讓汽球的細繩穿過，然後小心地打了個死結。

小折朝江水跑去，輕輕一鬆手，汽球在江上徐徐飄升，拖著一頁紙。游泳的人踩著水或仰著身體在看。沙灘上，小孩朝著汽球飛升的方向跑來，歡叫聲雀起。

小折，汽球上繫的什麼？母親一直緊張、遠遠落在她後面，走到她的身後問。

她回頭看了看母親驚恐的臉，他的神情呢？看不出來他在想什麼。然後將目光投向在天空中遊蕩的汽球。那大汽球很快變成了一個紅點、紅點。紅點的尾巴——那頁紙，沒有人再能看見。

——一九九四年六期《人民文學》

內畫

小毛暉倒的那個下午，太陽光刺白，吸口氣，像是從爐子中吐出的炭火。他身子一偏，抓住路旁的電線杆，電線杆太滑，他眼一黑，倒在了地上。過了幾分鐘，或許更短的時間，他覺得有人俯下身，將他抱起，腳像是碰到門框一類的東西上。身體被放平。有人分開他緊閉的嘴，往裡灌一種苦滋滋的水。然後，他腦子模糊一片，睡著了。

門哐噹一聲關上。小毛身子動了動，四肢無力、癱軟，喉嚨乾渴得厲害。他睜開眼睛：一個陌生的房間，堆滿發黃的線裝書，像破爛磚頭。房間裡有股濃濃的草藥味。小毛馬上猜出自己在下石板坡那個孤老頭家裡。老頭會摸脈看病，平日這一帶的人有病去找他，沒病記不起他。老頭傻瓜夜壺一個，一旦有人去找他，他仍給人看病。

小毛一腳踩在地上，趿了床底的涼鞋。房子光線暗暗的，牆紙一塊塊飛起，斑斑脫落，書櫃、桌子和床幾件簡單的家具，都舊兮兮的，漆磨得只有縫裡的還在，卻很乾淨。小毛東盯盯西瞅瞅。櫃子旁邊依牆釘了許多木架，擱著一束束一捆捆草藥。第二格全是大大小小的瓶子，有些空有些滿，裝了不少跟穀粒一樣的東西。他的手往最裡邊一個二寸左右高的瓶子摸去，瓶子跟藥瓶差不多，泥巴色。小毛往自己布汗衫上擦，瓶上的灰把衣服弄得一道道黑時，才露出圓潤光滑來。他把手指往瓶口插，只進得去小手指。就這麼丁點洞口。掉在草藥上的蓋，跟玻璃彈子球差不多，晶瑩透亮。小毛越看越喜歡，合上蓋，想也不想，就放進了褲袋。踮著腳尖，輕輕推開門，外面是廚房，廚房靠牆有二條長凳，平日老頭在這兒看病。街上一個人也沒有。太陽還惡狠狠掛在天上。小毛提提褲子，順著屋簷朝家裡走去。

小毛扳著指頭數哥哥從船上回家的日子：應當就是快到開學的這幾天。今天忘了數，哥哥卻回來了。惠姐站在哥哥的身邊，在幫著整理哥哥的帆布包，漱洗用具衣服，還有夾到這些東西裡的花生、紅棗。惠姐的辮子剪短了，垂到肩上，很精神，特別是她的眉、眼睛和嘴唇跟描的一樣好看。

小毛心裡叫她嫂子。

送走惠姐，哥哥說，媽，別再給人帶小孩、洗衣服了。你爸的撫恤金，你那點工資。母親一邊洗碗，一邊說，你辦喜事需要錢，我身子也硬朗，還做得動。

哥哥想說些什麼，嘴動了動，沒說下去。哥哥一時半載結不了婚，惠姐的父母不同意女兒和她的同學戀愛。那個勢利眼，成天泡一杯茶，有什麼了不起的，不也跟爸爸一樣，船上的輪機手？以為女兒漂亮，應當高攀，不是永遠做女工的土胚子。

托兒所院牆下，是聚集的老地點。橢圓的一段牆，有一片灌木。茂盛的野草中灑落著臭熏熏的白花。小毛去晚了。他就蹲在牆腳根。托兒所與中學相對，中間隔了個水塘，裡面浮滿了爛菜葉和胡蘿蔔纓。

三條黑影竄過來，高個，走在前面的是柳雲。小毛趕快站了起來，說他哥哥工休回家，看得緊，一時沒能出來。

柳雲居然沒怪他，手裡拿著一疊書，扔到塘沿邊。頂上一本畫著一個外國大鬍子。那是小毛盯了很久的東西。小毛不急，柳雲不喜歡書，只是好偷書、好女孩子。

柳雲大小毛三歲，初中未讀完，便在街上整日晃蕩，抽煙、喝酒、唱黃歌，什麼壞事都他領頭，人卻生得像白面書生，加上會幾套拳腳，愛打抱不平，在這幾條街，有一呼百諾的威風。蟬兒像突然發現他們，叫了起來。風熱騰騰吹著。小毛拍了一下叮到胳膊上的長腳蚊，沒打著，便被柳雲拉到路燈下。他注意到柳雲的頭髮，用火夾子燙了二道波浪，襯衫乾乾淨淨，不像小毛和其他街娃大熱天總是脫光了上身。扒圖書室窗的活輪不上柳雲親手做，柳雲總是遠遠地指揮。

「你家來的客人是誰？」柳雲問。

「我嫂子。」小毛說。

「甩人現臉！」柳雲說，「還沒過門，嘴吃了糖。啥子時候也給兄弟我介紹一個你嫂子那麼鮮貨的。」

柳雲口氣玩玩耍耍的，而神態是真動心。他換了好多女孩，每次一追一個準。小毛急了，想拔腿就走，手卻從袋裡掏出小瓶來，捏在手裡。他看了看柳雲，咬咬牙，遞了上去。

柳雲不以為然地接在手裡，昏黃的路燈下瓶子十分一般。

「把你腰上的手電筒打開，看這兒，兩條魚嘛！」小毛說。

柳雲不用手電筒已看到了，瓶子玲瓏晶瑩。他左右端詳，「我要了？」

「那你就別找我嫂子那樣的？」小毛話說不太清楚，但意思很明白，你別打我嫂子的主意。柳雲的風度是頭檔，沒有女孩子不喜歡他的，他想幹什麼肯定能幹成。

「你想到哪裡去了？見了你嫂子我會躲得遠遠的。」柳雲撥亮手電筒，一束光強烈地對著小瓶。「哪是魚呀，兩個人抱著，古人的頭髮，還有樹，山水。」柳雲尖叫，「沒穿家什，光板板的。」他讓小毛看。小毛膽子小，聽他一叫，更不好意思看。柳雲指著塘沿邊一疊書，說，「小毛，那些書都歸你了。」

哥哥白天在一個建築工地打零工。和惠姐談戀愛是在晚上。小毛再搗蛋也只能裝乖。被哥哥強迫休息的母親，在家裡料理家務。母親騰出空來，長了幾雙眼睛盯小毛的功課、小毛的上床、起床、吃飯、上廁所。小毛急得像籠裡的猴子。

這天小毛上街打醬油，前腳跨出店鋪就瞥見那個孤老頭朝三岔路口走來，衣服比平常還邋遢，眼睛東望望西瞧瞧，蹩手蹩腳的。正在挑菜的中年婦女握住在吃冰糕的胖女孩，攔了老頭，叫胖女孩亮出舌頭，讓老頭看。

老頭手一甩，自顧自地走路。

女人跳起來，越過擺菜攤的小販，罵老頭，罵得三十六朵花兒開，是街井最普通的一類。「去，去，去醫院！」老頭冰冷地冒出話來，踉踉蹌蹌，走上石階。

女人沒料到，忽地閉了嘴。街上看稀奇的人也怔住了：老頭從來是看不起醫院的，而且，一向比糯米圓子還好打整，今天是怎麼啦？

小毛臉白了一秒鐘紅了一秒鐘。又不是偷，那種瓶子，老頭多的是。一定不是為了這個事。小毛還是閃進一個門洞，等到老頭走過才出來。

「小毛，你好好看著我。」母親把一碗炒綠豆芽放在桌上，碗裡一點油腥也沒有。母親手在圍裙上擦了擦，「你幹了什麼？」

「沒幹什麼。」小毛聲音細弱。

「你會賴，你敢對我賴？」母親拿準了他似地斥道。

小毛用本小說蓋住臉。母親拿了醬油，說等你哥哥回來，讓他和你談。

「談什麼？」小毛不怕母親，但怕哥哥，跟怕爸爸一樣。爸爸工休回家，就帶哥倆去山後溪溝或堰塘釣魚。爸爸不生氣時總是笑咪咪的。哥哥和爸爸長得像，五官線條粗，黑又壯，極神氣。小毛則細皮細肉，怎麼曬，也曬不黑，在太陽下亂跑一天，不過微微有點泛紅。這點，就讓他有種立不起椿椿的感覺。

「剛才戶籍來過啦，香煙廠又丟了幾箱煙。加夜班工人看到，幾個半大孩子幹的。」母親在準備涼麵的調料。「去派出所坦白會從寬，不然要關雞圈坐牢的！」

小毛出了口長氣。他扔下書，笑容綻開，到母親跟前，給母親搧扇子。他向母親保證，自己不會做那種事。渾身上下熱絡撒嬌。母親摸不著頭腦。小毛想這種事還有誰，肯定是柳雲。

晚飯後，每家每戶將椅子、席子、涼竹棍搬到房外準備納涼，午夜氣溫退去後才進屋繼續睡覺。

鄰居老五一見小毛媽媽就說開了：那幾個偷煙的龜孫子，已被逮著了。

逮走了?小毛媽媽問。

鄰居脖子瘦長,趿一雙木板拖鞋,點頭說,何止煙,啥子都偷。逮得好,逮得好。

正在往竹躺椅周圍潑涼水降溫的小毛,瞅著母親,眼一溜,那意思為:不是我吧!母親笑了。這下柳雲算完了。小毛可惜瓶子。瓶上的雲和山水,近在面前似的移動。他後悔送掉它。盆裡的水淋在了腳上。

哥哥惠姐一前一後進門。小毛忙著給他倆倒涼茶開水。這時有人叫他的名字。

小毛從窗口望去,嚇了一跳,柳雲站在街沿上。偷香煙廠的不是他。

柳雲不請自進,說來找小毛借本書看。這傢伙從不看書。小毛嘴裡說,我這就找。惠姐給柳雲讓坐。哥哥在廚房打洗臉水。惠姐說,喜歡看書,都愛看些什麼呢?

柳雲裝得倒跟真的一樣,說他喜歡看故事。

惠姐笑得燦爛。在小毛聽來,她說話聲音都變了。柳雲外表大相,不像十七歲的少年人。

小毛拿了兩本書,自己先站在門外,說,書都在這兒啦!

柳雲有禮貌地與惠姐道再見。哥哥端著臉盆進屋,和柳雲正擦肩而過。

柳雲三步並二步在前面,小毛後面緊跟。在水塘邊,小毛還未說話,柳雲轉身推了小毛一掌。小毛結結實實坐到地上,正好是個凹坑,積滿了污水,小毛汗衫褲衩濺了個透,手裡的書也落進了泥裡。

柳雲說，「看你心眼歪斜著，不歡迎我！我確實他媽的是借書。」

「你龜兒說話不算話。」小毛爬起來，突然頭一拱，柳雲沒注意，一個踉蹌，險些下了水塘。「你還我瓶。」小毛嘴裡叫嚷著。

「你說話算數？」站穩後的柳雲火了，「給的東西還能要回？」他對小毛真動手了，又狠又蠻。

「下次再敢那麼對老子，老子就叫你喝乾一池子臭湯。」柳雲說。

柳雲沒有毒到底，還算手下留情，小毛便更恨柳雲。

母親見小毛一臉是血，慌張了，怕鄰居看見，伸手把小毛拉進房內，將房門關上。

小毛不說，那是鼻血，他一聲重一聲輕地呻吟。哥哥在桌子後問：「誰幹的？」

小毛臉上沒表情，像沒聽到哥哥的話。母親用棉條塞住小毛鼻孔，擦去他臉上的血，叫他朝後仰。「造孽啊，小毛，怎麼弄成這樣？」小毛最煩母親流淚。

小毛的確周身都痛，而且身上一股髒水臭味，但不是母親和哥哥看到的那種疼痛。

母親打開五屜櫃，找乾淨的衣服，記起來了：「莫不是晚上來找小毛的柳雲？」

小毛沒搖頭，也沒點頭，有母親這句話就夠了。哥哥絕對會去找柳雲。哥哥饒不了柳雲。母親把小毛清理乾淨，在有青塊的地方抹了酒、藍藥水。小毛躺在母親的收折竹椅上。母親給小毛搖扇子。

大小星星，像一個個飛蟲，跟雲捉迷藏似的躲閃。風涼了下來，街上已經沒有行人走動，很靜。母親和小毛回到屋裡。

你哥哥呢？母親目光四下找尋一遍說。

小毛從床上坐了起來，說去找哥哥。母親將小毛按住了。

這一夜小毛盡做惡夢。他大喊著醒來，已是清晨。記不得昨夜哥哥是什麼時候回來的，昨夜發生了什麼事，他也記不得了。家裡空無一人，母親可能到集市，買從郊外剛挑來的蔬菜，哥哥當然是上班去了。

小毛從水缸裡盛了半瓢水，喝了兩口就潑了。他發現窗框上擱著半頁紙，壓了塊爛磚。他拿了起來，字跡歪歪扭扭，落款是柳雲。柳雲在紙條上說，事情算拉平，他不會再到小毛家來，小毛也別找他還東西。小毛心裡打個疙瘩，這不是柳雲，柳雲多倨傲的人物呵！想來柳雲是被哥哥揍服了。

怪糟糟的，小毛嘴裡咕噥，感到四肢一點兒也不痛了。把紙條揉成一團，扔出窗子，小毛在心裡原諒了柳雲，他應該比柳雲更傲氣。

小毛把一碗稀飯吞下肚，想也不想就出了門，假若母親回來，他便沒機會出去了。到哪裡去耍呢？小毛沒目標，他在三岔路口，原地蹦跳了好幾下，一溜小跑朝坡下奔去。

廢棄的纜車道上，稀稀拉拉走著從輪渡下來的人。遠遠的，看不清楚。小毛面前的江岸是回水沱，微微傾斜的河灘比學校操場還大，沒有怪石暗礁，浪少，水緩，沙子細軟。三天兩頭會有淹死鬼從上游漂來，在回水沱打轉停下。小毛不在乎，淹死人的江水不還是江水嗎？一陣狗爬式後，他翻過身來，並不清澈的江水蕩著他十四歲的身體。太陽還沒有猖獗。幾個與他年齡相仿的少年在打水仗。對了，早晨沒多少人游泳，以後就挑這時候。他眯上眼睛，無雲的天空降落到離臉只有一臂長的地方，厚重，推也推不遠。耳畔是江水拍打岸有節奏的聲音。四年前，一場大火，如果爸爸不救別人，就能從船上跳進江裡，他可以一口氣游穿對河。小毛往岸上移動。泊在海綿絨一樣的沙灘上，他把臉貼在上面，涼涼的江水浸著他。他像條魚。

一隻手把小毛的脖子捏住，僅輕輕一捏，小毛就喊爹喊娘的。

那手鬆開了。小毛翻過身，抬眼去看：孤老頭。小毛本能地一哆嗦。

到孤老頭家的路上，小毛一直想脫身，但老頭手抓得很緊，鬍子都白了，還那麼大勁兒。

老頭揭開碗蓋，吹著碗裡水面上的茶葉，說，把煙壺還給我。

小毛搖頭，表示不懂老頭在說什麼。他跟在老師辦公室一樣，雙手垂立，頭微低，不是裝給老頭看的。他被老師留下來慣了。

「小小年紀，怎麼耍賴？」老頭不解地說，他找了小毛好幾天，那天小毛中暑，他救了小毛，小毛卻當了小偷。

「我不是偷。你亂說。」小毛嘴翹了起來，一屁股坐到桌子邊，指著木架裡大小瓶子，說，「不都是些藥瓶罷！」

「那些是藥瓶。」老頭說，「但你偷的不是。」

「它不在我這兒，」小毛失言了，想補一句，卻吞吞吐吐：「你……老糊塗了。」

老頭站了起來，在屋子裡走來走去，端起蓋碗茶，遞到嘴邊，突然「叭」地一下砸在地上，茶水、碎成塊的磁碗灑了一地。

小毛張口結舌看著老頭，老頭火氣爆出了似的，顯得心平氣和。

護城河，新鮮的天空。那天空下的京都，天的藍，配上紫禁城內的金碧輝煌，神話一般的世界！一個高鼻子的洋人，有件小玩意，倒出一點，輕輕一吸，打個噴嚏，呼吸暢通，萬病皆消。洋人是個戲迷，結交了男扮女裝的旦角。他聽戲，當票友。英雄失意憐兒女，虞兮一歌淚如雨，花枝莫是美人魂，猶自仙仙學楚舞，烏江之恨已亥年。洋人要離開了，他把小玩意留給旦角。

旦角朝夕思之，終於病倒了。請了一輪輪郎中，病無起色。後來，一個到京都訪親友的年輕郎中，三付藥就救回了旦角一命。旦角把十八歲的郎中當作了洋人。光陰荏苒，到了民國初年，軍閥混戰，郎中得回南方，妻、老娘在等他。

無限江山共徘徊，別時容易見時難。李後主的詞，在玩意內壁。大師馬氏題的，那款那印，配上內壁原有的祥雲，連綿山水，雙人環抱，乃天作地合啊！生就一雙讓凡人一見願為之死的眼睛。

老頭說，因與郎中離別，烽火燎天，書信隔絕，一年不到，旦角失蹤。也有人說旦角生命結束於自殺或戰亂。

小毛聽得稀哩糊塗。

「你把偷的煙壺趕快還給我。」老頭突然定神看著小毛說，「凡是寶物，得之不義，必有不祥。你小孩子懂什麼。」

老頭前言不搭後語：那東西是淡蜜色，最漂亮的色澤。內部自然的紋路讓你想像無窮。

順著紋畫，罕見的人兒，堪稱傳世之作！底端內凹，隨著兩個妙不可言的身體起伏搖動。別說由名家數年心血製成、洋人傾囊定購，玉髓寶胎，真正寶石。

這最後一句話，小毛聽清楚了。那好看的藥瓶如是老頭兒說的寶石？騙子罷了。老頭窮得屋子裡只有這磚頭似的發黃的書，他明明是在榨我。小毛想。

「你得給我拿回來！」老頭幾乎哀求道。

「我沒拿。」小毛決定抵賴了。

老頭哈哈大笑，有一兩分鐘止不住。

小毛毛骨悚然。老頭拍拍小毛的肩，很關懷的樣子，說，回家好好想想，不要緊，想好了，再上我這裡來。

許久不見惠姐來了。從哥哥的神態看不出點滴原因。哥哥不提那晚替小毛報仇的事。哥哥和柳雲必是一番惡鬥，不用說，比哥哥矮一頭的柳雲被擊敗，即使柳雲會半撇子拳腳，也不是從小打群架的哥哥的對手。不然，柳雲有這麼守諾言？甚至，有好長時間，連個影子也不在街上露。

小毛要翻臺曆，哥哥還有一週就要上船了。還去工地嗎？他問哥哥。

不去。哥哥說，去釣魚？

小毛點點頭。叫惠姐不？他覺得自己犯傻，這還用問嗎？

不用。她忙。小毛沒料到哥哥這麼說。哥哥像不願提惠姐似的。當然，這不過是小毛一瞬間的感覺。假如有問題，那麼就是哥哥和惠姐想結婚，惠姐父母不贊成——老話題了，沒有解決方法。小毛為哥哥著急。

拿起魚杆、餌、裝在小塑料口袋裡的蛐蟮小蟲，哥倆一前一後走著。秋老虎過後，氣溫低多了。陽光斑駁，插過樹枝，照著的地方燙灼，被遮住的地方陰涼。他們沒說話，順石梯往山上爬。後山的堰塘，居高臨下，一邊釣魚，一邊憑眺山下百船張帆過。和爸爸在一起的日子重現眼底。小毛心一喜，哼起小調，誰也聽不清詞。他忽然停住：樹蔭下的斜坡，孤老頭盤腿坐著，像無意又像有意在那，布衣褲，薄薄的，極合體。頭髮白盡，梳得紋絲不亂、發亮，如擦了皂角樹油。小毛不由得朝老頭走去。

「小毛。」哥哥聲音不大，但有勁，生氣一般。

小毛折回，蔫蔫的走在哥哥旁邊。

「你怎麼答理他？那人可是臭名得很。」哥哥訓斥道。

「他會看病。」小毛為自己辯解。

「受管制的，舊社會的殘渣餘孽。」

小毛將魚杆豎起，鞭打樹，樹葉搖晃，一片片掉了下來。

走過山坡，不寬又陡的馬路，一條通向煙廠，一條通向織布廠。他們跨過織布廠的那條，進入田間的小道。哥哥說，那老頭故事有一大筐。小毛好奇，追問。

什麼故事，哥哥也不知道。小時大人講那些故事醜，小孩子不能聽。這個下江人，還沒解放，嗯，大約四九年那陣，他老婆受不了他，帶孩子離開了。他生了場大病。病好後，說會看病，竟有人信。反正這種人能躲遠就躲遠點好。哥哥叮囑小毛，別去惹。

偏要惹，小毛想。孤老頭給人看好許多病，半夜敲醒他，他從不拒絕。街上那些長嘴婆娘懶腳漢，圖方便，不去醫院排隊交藥費受氣，連聲謝字也不必說。小毛咒著人，所有人。他避開挑糞桶的一隊人，鼻子屏住氣，不讓糞臭鑽入。

堰塘由生產隊的人管理，新規定：收費，凡釣魚者一人二角。小毛和哥哥四角。一場《洪湖赤衛隊》電影才五分，四角可看八場。母親捨不得花這錢。電影院的門，小毛是在爸爸在的時候進去過。哥哥付了錢，他倆被放入將堰塘圍起來的竹欄內。釣魚的人不少，堰塘邊消愁解悶坐著蹲著清一色男人。黃桷樹下，兩個捧著小人書的女孩特別顯眼。

小毛把一個空塑料袋裝滿水，放在石頭架起的坑裡。挨著哥哥坐下。能看見山下船開在江上的地方都被人占了，彷彿爸爸被驅趕得遠遠的一樣。小毛喪氣地伸開雙腳，吊在塘沿上。幾個鐘頭過去，下山之時，小毛的手裡提著網兜筐住的塑料袋，袋裡有三條比手掌稍大的白鰱，在水裡搖動身肢，嘴一張一合艱難地呼吸。「準是生產隊的農伙把大魚都轉走了。」小毛咕噥，然後響亮地罵了句髒話。

哥哥將兩根魚杆交到小毛手裡，「我有點事，你先回去。」哥哥說。小毛一看，離家不遠，快到三岔路口了。

哥哥消失在兩道木板牆錯成的拐角。小毛高興起來，釣魚還是對頭，起碼釣出哥哥火熱的感情來，他去找惠姐了。

母親把三條半大不小的魚刮了鱗破了膛，放在碗裡，撒上鹽、薑、蒜，滴了幾滴菜油，擱上鍋裡清蒸。小毛嘴一歪。

「油要票，又貴。」母親白了小毛一眼。「喲，惠來啦。」母親聲音變親切了。

「哥哥找你去了，你倆肯定錯過！」小毛告訴惠姐。

「他哪會找我？」惠姐肩抽搐，眼淚滾了下來。小毛和母親都愣住了。母親拿濕毛巾給惠姐。惠姐止住哭，用毛巾擦臉，說哥哥已有兩個多星期不理她，對她冷淡。母親說不會的，他心裡裝的都是你。但惠姐的神態不是假的。小毛氣憤，在惠姐背後站不是坐也不是，想找句話安慰惠姐，又怕說錯，便乾脆一步跨出門檻。

小毛無目的地在街上走著。烏黑的牆腳，破舊的房子，站在街上吆喝自家孩子回家吃飯的女人，皺巴巴的無袖汗衫，冒出股油煙、辣椒味，從窄小的窗內傳出咳嗽聲。他討厭這些。牆上的布告，被雨水沖刷得只有一角粘著。小毛輕輕一扯，紙就掉在地上。對，去找柳雲，看看那個瓶子是不是玉的。到底什麼是玉的，小毛心裡也沒主，他就這麼來到中石板坡。

一把鎖橫在柳雲家門前。小毛叫柳雲同院的鄰居轉告，說他來過。

鄰居答應著，上下打量小毛，想把小毛盯出個死活來。小毛也依樣把這個瘦精精的娘們盯了個遍。一隻鴨子挺著胸膛，拱她的腳趾。這娘們腳踢了過去。鴨子嘎地一聲飛出半里遠，她瞪眼邪罵了一句。她的語言是小毛聽過最無顧忌最有水平的。他被罵服了，掉頭離去，腦子裡玩耍著那句話。

第二天下午，柳雲笑嘻嘻走進小毛家。雖然惠姐不在，柳雲那張許過願的紙條小毛後來也拾起收好，但見到柳雲，小毛著實緊張。自己笨得很，給這混蛋找個來他家的藉口。

哥哥進屋來，柳雲和他江湖式的抱拳，好像在致歉相互問好，不計前隙。不到兩分鐘，柳雲就跟哥哥稱兄道弟。叫小毛好一場虛驚。

出了小毛家，找到個僻靜處，小毛說，讓我看看那個瓶子。

沒帶在身上。柳雲回答。他眼睛變得很清澈、透亮，彷彿是另外一個人似的。

小毛感到背脊發癢，孤老頭像個影子跟著，討債似的。他說：那東西是我偷的，孤老頭要我還，說是煙壺。小毛不敢說那是寶石做的。

柳雲說：你話說完沒有？他急著要走。

「孤老頭要我還！」小毛瞧著柳雲上下不舒服，他的聲音吼了起來。

「你要命？」柳雲說，半開玩笑的語調。

有這麼嚴重嗎？還回煙壺，就要命？但小毛認為柳雲的話有毒，否則他不會那麼驚恐驚狀的。

母親接了豬毛到家裡理，黑歸黑，白歸白。小毛幫母親，他的手太快，黑白常混。周圍的每個人都變得怪怪的。

哥哥結束工休臨上船的前一天，公安人員從柳雲家將哥哥和柳雲當場捉拿，罪證確鑿，銬走。都說是惠姐的父親去告發的。小毛跟著街坊跑，跑到有馬路的地方。警車啟動的一瞬，他聽到哥哥的聲音在喊：小毛，對媽好點啊！

小毛還沒回過神來，大人小孩對著他叫，像是在重複哥哥的話，哈哈大笑。有人說柳雲招供承認被引誘。

夜裡，正好下起毛毛小雨，每一座房子都靜悄悄的。

小毛翻窗去柳雲房間。煙壺還在柳雲藏東西的磚牆內，這位置只有他知道。他將煙壺揣在懷裡。柳雲沒有什麼不好的，起碼在小毛心底裡，想到柳雲，便陣陣的不舒服，他也說不出為了什麼原因。走了很遠一段路，忍不住掏出，在路燈下看。

「別看！」一個蒼老的聲音響在身後，並一把抓過瓶子。「已經被引誘，還想被引誘。一步錯未了，還想步步錯？」孤老頭連連長嘆。

小毛竄到老頭跟前，搶瓶子。他只看得見白鬍子白眉毛。老頭的手一鬆，瓶拋到草叢，人跌倒在地。小毛不管老頭，徑直奔去草叢拾瓶兒。

公審會這天，穿絨線衣還嫌冷。母親守著小毛，她呆痴痴的。小毛走開一步，她就瘋狂地大叫：小毛喲，小毛！布告貼在三岔路口朝東的牆上。說哥哥是主犯，罪大惡極，逼人自殺，民憤難容，依法判處死刑，立即執行。哥哥的名字前寫著雞姦犯，名字上劃了大紅×。柳雲比哥哥小，又是從犯，送到青海改造。

母親和小毛手握著鐵夾不動。豬毛有股騷臭，還有股腥臭。小毛盯著桌上堆成小山丘的豬毛，覺得其中的一撮，像是哥哥的頭髮。光腦袋的哥哥樣子肯定很陌生，特別是面對層層圍觀的人。一顆子彈打進哥哥的胸膛，哥哥搖了搖，硬是站住了。第二顆子彈擊中哥哥的腦袋，哥哥隨即倒在了地上。他的姿勢和一同被槍斃的人有點不一樣，究竟不一樣在哪，小毛弄不清楚。

什麼事一經講述就走形。街坊奇怪小毛沒哭。母親的巴掌舉在半空始終落不到小毛窄小的瘦臉上。他不僅仍未哭，反而笑了起來。

時間連沙帶水地流逝過去。小毛在街上看見過惠姐一次。這個女人再也不會喝敵敵畏自殺，她嫁了個外省的工人，胖胖的，很陌生，她招呼小毛，小毛就站在原地不動。她的話很多，嘴裡噴出股刺鼻的蒜味，見到熟人就把小毛撇下，拉著熟人說了起來，聲音老遠就能聽到。

小毛戴上紅布袖章，他是學校第一撥鬧革命、參加紅衛兵組織的。懶得告訴母親，家也不想回，小毛就夥同一幫同學去乘到北京見偉大領袖的火車。他捨出命來擠呵擠，終於擠了上去。幾個同學全被甩在月臺上的人海之中。

過道，行李架，窗子，椅底，連廁所裡全是人。半夜，蜷縮成一團的小毛睡著了。走呵走，他到了孤老頭家門，他已是半邊風躺在床上。不必去理睬，手裡的尖尖帽總得有個人來戴。誰呢？小毛往玻璃窗上扔石頭，碎玻璃飛碎，只聽得見玻璃聲，卻沒有人出來干涉。他裝著不認識惠姐的父母。任人砸這個漏網的反革命分子的家。惠姐的父親被打得全身是血。小毛始終坐在窗臺上，不動手，他指揮。尖尖帽不夠的，還要做一頂。就用刷標語的紙？

小毛急得團團轉，醒了。火車咔嚓咔嚓，像碾在他身體上，夢和現實混淆，像團漿糊。他推開靠著他熟睡的人，伸直酸痛的兩條腿。

做完這個動作，他摸摸荷包裡那塊小小的玉，小毛突然全身興奮，他覺得自己是一個有好運的人——遇上了這麼一個轟轟烈烈的革命時代！列車在一顆星也不見的原野上行駛，廣袤的黑暗之中，只有車廂裡燈幽幽亮著，勾勒出和小毛一樣稚氣蒼白的臉、草綠的軍衣、火紅的心、微微搖晃的身體的輪廓來。

——一九九五年四期《今天》

紅蜻蜓

她的注意力集中在手中的衣服上，洗衣粉倒多了，泡沫滑溜溜地在手指間鑽來鑽去。街對面是建築工地，轟隆隆的機器聲像一隻大蒼蠅往她的耳朵裡竄，使她坐立不安。她抬頭望窗外，只看見濕漉漉灰濛濛的一片，像她自己的頭腦，混混沌沌理不出頭緒。

捂住肚子，方才肚子絞痛已減輕，感覺好受多了，她繼續走路。木門邊上貼的對聯早褪了色，殘片在風中飄打。繞過井，這條街盡處，閃過一個瘦小的影子。她看不清楚，但那人的咳嗽聲引起了她的注意，她拉了拉衣服，直起身子，腳下邁著細碎的步子，對直朝街頭走去。

兩棵石榴樹，肩搭肩，頭靠頭，正是開得熱紅時，在昏暗的路燈下依然艷麗奪目。石榴樹的上面襯著漆黑的天。葉片重合葉片，秋意擠滿一樹，比賽似地往人的頭上砸。石榴爆裂，籽嫩肉甜，淡紅淡白晶瑩透骨，輕輕地捏在手心，一粒一粒地拋灑開來，那滋味使她的臉暈紅起來。

電話鈴驚醒了她。她懵懵懂懂地伸手去接，但沒有聲，她「喂喂喂」問了幾句，沒人答話。她放下電話，手按住話筒，沒法猜懂誰會在清晨六點鐘給她來電話。父母死後，她就從廠裡搬回家。她常常去醫院看病，大病沒有，小病不斷，弄到病假條，她就待在家裡。鏡子上已經蒙了一層灰，裡面人影朦朦朧朧。一隻紅蜻蜓，準確地說是一隻紅色蜻蜓標本壓在鏡子下面的玻璃板裡，她懷疑自己夜裡聽見電話裡的嗡嗡聲是從這兩片翅膀上發出來的。這隻紅蜻蜓飛行的姿勢，倒是一種真正簡單的度過時間的方式。十年前她和父母鬧翻，一個人搬到廠裡去住。當時她拒絕了父母為她操心選擇的所有異性朋友，父母動怒了，如果他們知道她實際上討厭任何男人，不知道會怎麼悲傷。父母生病後，單位為照顧他們，給他們家安了分機電話。她通過這根電話線表示自己的孝心。現在，她只能向父母的遺像行注目禮。她摸了摸壓著紅蜻蜓的玻璃。那塊玻璃變得清晰了些，可以分辨出蜻蜓的紅色，淡紅的頭，深紅的背，如絲如縷透明的翅膀。那根根紋路在她的眼裡漸漸放大，編織一線線冷冷的光澤。

四周漆黑，夜投下一層薄紗，罩在她身上，描出她身體的每一個凹凸部位。睡前翻看的小說早就落在地板上。她張開眼睛，雙手鬆弛向前伸著，熟稔極了地穿過街，轉過街角。石榴樹正被風搧動起千姿百態的小手，頻頻搖擺。石榴樹白天的印象是虛設的。她在井臺邊停住，那兒有一雙手會抓住她的手，那手濕濕的，似乎沾滿露珠。她想甩開那雙手，但她會順從地跟著那雙手走。不，是她把那隻手一直拉著，輕快地轉過街尾生滿青苔亂石砌成的牆角。

陰沉的空氣中升起一股分辨不出的味道，她的手牽住那個人，回到未閂上門的房間裡。腰間的布帶被那隻手解開，她企圖往後倒，卻反而癱倒在那人懷裡。一串串小紅點在她身體四周遊蕩，像紅蜻蜓的飛舞，令她心醉，她大睜開眼睛，安靜地躺在地板上，任憑那隻手在她身上游動。她的身上沾了幾片石榴花，毫不在意地從她的身上落到地板上，有一朵火般絢麗的花瓣，在穿過門檻的微風中還打了一個旋。

她醒來時身上一陣痛。她睜開眼睛，撐起身子，鏡子面上蒙著灰：在嘲弄她的神經。難道這個披頭散髮、衣冠不整的女人就是她？她貼近鏡子，用手抹去鏡面上的灰塵，那絕不是「青春早逝」四個字能解釋的，一道爪痕深深地印在左邊臉頰靠下巴處，她仰起頭，將視線跨過鏡子，看到白晃晃一片的天花板。一分鐘之後，她彎身檢查自己脫去衣服的身體，大腿上的爪痕，五指齊全，指印纖細，並不粗壯，而且不長，有的地方已帶青，轉為瘀血。她退後二步，又發現大腿根粘乎乎的，不知道是什麼髒東西，手一摸，已經乾成鱗狀碎片。她眼淚滾動在眼眶裡。

她用濕毛巾不停擦洗身體，這已經是第幾次了？但她打消上醫院的念頭。她知道那長舌女醫生會如何在廠裡說東道西。她生了十年病，病換了好多種，又新添一種？這次好像和以往的病都不同。她想了想，把面盆裡的水倒掉，把毛巾掛好，然後慢慢走到平櫃前，拉出最下面的抽屜，蹲在地上，找藥。

塗上碘酒之後，她平靜多了。對著自己在鏡子裡的臉，她努力搜索蛛絲馬跡，可是，她想不起來怎會如此？牆上是父親和母親的結婚照片，她第一次覺得父母親在嘲弄她，嘲弄她生理不全。眼淚這時才大顆大顆掉了下來。

這指印，帶紫的青塊，對她來講，不過是進一步證明了一個事實。她不信地板上那些土屑、污痕是真的，她同樣不信，那井邊的兩棵石榴樹是假的？她做飯，但吃不下，當她站起身，將一碗麵條倒回鍋裡時，看見鄰居家的男人嘴裡啃著一根甘蔗走在街上，朝自己這個方向而來，他一邊啃，一邊吐出吮掉汁的甘蔗渣，大大咧咧，悠然自得，似乎這只是最平常的歲月中一個最平常的日子。她想，真奇怪這世界上男人都粗俗不堪。她甚至想像已聞到那男人身上的汗酸臭，她竭力忍住這令她噁心的想像。而隔壁的女人拿出掃把簸箕，把男人亂吐的甘蔗渣子仔細掃在一塊。女人說：「饞鬼，你不能吐在一個地方嘛？」男的沒有回答，繼續在嚼甘蔗，他的顎部有力地運動著，露出條條青筋。

「吱嘎」一聲，隔壁的門被打開，緊跟著，又響起門被重重關上的聲音。

她鬆了一口氣。

但她總覺得似乎有雙眼睛從時間的最幽暗處盯著她，這怪念頭使她脊背冰涼。突然，她又聽見自己的床，也就是父母的床上，有人在低低說話。她驚恐地轉過臉去。

那說話聲停止了。

她轉回身，倒了杯開水，取了一片安眠藥，和著水吞了下去，她幾乎是鼓足勇氣，朝床上走去，她躺了下去，拉上被子，慢慢地，那爪痕的疼痛和莫名的膽顫心驚被倦意代替，她合上了布滿血絲的眼睛。

那隻手在身上滑動的時候，她沒有抵抗，她有意無意地將那隻手按停在那地方，而且用勁往裡推，她感到那隻手在哆嗦，在往後縮。皮膚帶幾分涼氣，她想說，蜻蜓，粉紅的蜻蜓，你怎麼從玻璃下飛出來了呢？她想忍住淚水往下掉，但淚水一滴一滴順著她的臉流了下去，那麼潔淨，而又那麼輕快。

養好了腿上的傷，她慶幸沒有留下一點疤痕。但這天洗澡時，大腿上又赫然刻著五個指爪印。她驚呆了。這指爪印有點熟悉。實際上幾乎與上次完全一樣。女浴室裡熱氣騰騰，每格裡都有人占著。她匆匆擦乾身體，套上衣服，拿著毛巾肥皂洗髮液、換下的髒衣服，出了空氣悶熱、呼吸不暢的浴室，就往家裡趕。

身後好像傳來腳步聲，她不敢回頭，只是加快了腳步，那人也加快了腳步。氣喘吁吁之中，石榴花火紅的顏色正在變淺，她猛地抱住石榴樹，將整個身子倚在上面，緩緩轉過身來。

沒有，整條巷子一個人也沒有，只有陽光把每個角落照得像死人一樣白。

又從夢中驚醒過來，她再也無法睡著。遠處建築工地上，燈光雪亮，但她趕緊把窗帘掖了掖，把外面的光線堵死。

她穿著睡衣睡褲，開始移動房間裡的家具。把床倒過頭來，放在吃飯的木桌處，那兒在門後面，讓桌子正對著門。她把四個椅子一一拉到桌子下。

「咚，咚！」響起敲門聲。她屏住氣息，聽清楚了，確實有人在敲門。她看了看枕邊的手錶，正凌晨二點五分。或許是自己搬動家具，聲音太響，把鄰居吵得惱火了。她抓起掉在地上的睡衣褲，繫上帶子，打了個冷顫，可是敲門聲幾下就停住了，此後就一直無聲無息，彷彿從來沒有人想進這屋子。

她呆坐在那裡，眼睛正好和父母的結婚像打了個照面。她走了過去，摘下鏡框，拿在手裡端詳。父親，那件毛衣其實是紅色，可照片上是黑色，一種不祥的徵兆，父親雖然說不上英俊、高大，但一說話自有一股不可抗拒的吸引力，他抽煙的姿勢，那手指微微向上翹起，輕輕一彈，煙灰就落進了煙灰缸裡。她掠過母親不看，專心想父親抽煙的那副較之別的男人少有的雅致和灑脫。她那時是七歲或是八歲？那天她發現父親的煙灰缸裡抽剩下來的煙嘴上有口紅印的？每個煙嘴上都有。那口紅顏色極深，但色澤鮮亮，像剛上市的櫻桃。她打開抽屜，只有一盒煙。她小心地撕開封條，拆開，裡面的煙乾乾淨淨，沒有口紅印。

母親對著鏡子梳頭。

她正拿著書包準備出門，但她停住了，母親正在塗唇膏，那是父親跑碼頭去上海帶回來的化妝盒，母親對著鏡子抿了一下嘴唇，然後將一支煙含在嘴裡，叭了一下。她不知父親是否知道母親幹的事，也不懂母親為什麼要這麼做。但現在她明白，她從小對這口紅印，藏有深深的不滿，似乎那是一種欺騙。

她反扣父母結婚像的鏡框，把它塞進最低一格抽屜，將它和那些亂七八糟的藥瓶待在一起。她發現自己嘴唇一動，手不自覺志慢慢抬起，作了一個吸煙的動作，絕對逼真，一個好演員。

那井邊有些爛菜頭。井桶裡盛滿清涼沁骨的水，亮晶晶地反射著淡藍的光。她坐在井沿上，看看自己的臉在井水裡輕輕晃動。天藍得出奇，藍得發紫發黑，倒映在水面上。她只看到一個臉形，看不清自己的眼睛、鼻子、嘴、頭髮。但這張臉可愛而動人。她站起來，長長的棉布睡袍垂在地上。井邊的一灘積水打濕了她的拖鞋，她脫下鞋，拿在手裡，赤腳朝牆轉角處走過去。她瞪大眼睛，眼睫毛一眨不眨，注視著前方，而雙手微微向外伸著，似乎是在搜索著什麼地走動，步子不快也不慢，顯得輕飄飄的。

她似乎聞到那股熟悉的氣味，斷斷續續，夾在風中，陣陣湧來。她被那股氣味吸引著繞過一棵石榴樹，又一棵石榴樹。什麼也沒找到，她回到井邊。不對，她應當被那隻手帶著走，水波輕輕泛起波紋，彷彿正在朝她侵襲過來，她感覺自己在撫摸那隻手，她的身體應當懸起，在空中飛一般，隨那隻手牽紙鳶似地帶著她，空蕩蕩的街口，下起零零散散的雨點，是石榴花瓣，上上下下把她身體抹了個乾淨，只有那隻手會是特殊的，實在，而有力。她並不想看清這隻手的主人，她只渴望這隻手一次比一次更兇猛地占有她。

說話聲間斷響起，好像又在床底。對，這次肯定來自床底。她不由自主掀開床單，趴在地上，用手電筒對床底進行掃射，那兒除了幾雙舊鞋，就是一層層結成網狀的灰塵。她熄滅了手電，退回床上，裝睡著，甚至連大氣也不敢呼出，她實在想聽清楚那裡的人在說什麼。

可只有靜寂的夜在她掩住身體的被子外慢慢滑過，當她要漸漸入睡時，那說話聲便響起。於是她又驚醒。這不可思議的聲音使她特別怕睡著了。已經一天一夜未合上眼睛。她感覺到一種不是一般的驚詫，絕不是自己腦子出了毛病，她調換了房子裡床、桌子、椅子、平櫃等等家具的擺法並沒有用，床底仍發出說話聲。惱火？不！她覺得她可以入睡了，這頑強的聲音可能會引導自己走向她想見的一切。

是的，她又醒來了，天早就亮了，很久未出現的太陽照在屋檐上，投下影子。她翻了個身，平躺著，撫了撫臉上的頭髮，口乾舌燥。她用口水潤濕舌頭和嘴唇。掀掉身上的薄被，發現自己又是一絲不掛。她一驚，坐起來。果然發現大腿上有指印，膝蓋旁側有青塊，而腿根的粘液，有些腥味，燙得她縮回手，蜷起身子。她彎起腿，用手抱住膝蓋，將下巴擱在手上，眼睛盯著面前被子上的花紋一動不動。

她有些明瞭，不管她準備做夢還是不準備做夢，不管她願意還是不願意，該發生的必然會發生。這聲音、這手，一有機會就會淩辱她，追尋她，牽引她，滿足她，使她不再是她自己。

穿上衣服，梳洗完畢，她站在桌前，細心地用切菜刀將一個圓圓的西瓜劃成四瓣，這時，電話鈴響了。她沒有理睬。

瓜紅籽黑，汁液順著刀口流下，十分誘人，她看著看著，不知道從瓜的哪一頭下嘴，最後，她選了中間部位，咬了一口，味不甜，但也不酸，正好。她把籽吐到手裡。

電話鈴又響了。電話插頭拔掉已經有好幾個月了。昨天才接上。車間主任說她三天兩頭病假，只能給她發病勞保工資。論理沒用，車間主任不會在乎她怎麼想怎麼活，只會反覆告訴她，累計半年病假，就算長期病號處理，沒法改變。她來到床頭，接電話，可電話裡沒有聲音。

她馬上擱了電話。

五分鐘不到，電話又響起來，她將剩下的一瓣西瓜扔回菜籃子裡，準備去做午飯，但電話鈴聲持續著，刺耳地叫著，她捏了捏自己的手指，揉了揉指關節，彷彿這樣，她繃緊的神經鬆弛了些，她拿起了話筒，她聽到電話裡一聲嘆氣，輕輕地，清晰地，似乎就是在為她嘆息，她的大腿根一陣發熱，一團火往外竄起。她再也控制不住自己，將電話「叭嗒」一下扔出老遠，她飛快地操起剪刀，把電話線切斷。

她看見自己拖著一條細長的影子，月光皎潔，圓圓地掛在窗邊，拋給她溫柔如水的光澤，她移動，她的影子也跟著移動。

對著鏡子，她扔掉內衣褲，試穿一件豎條白黑相間的旗袍。旗袍樣式很舊，寬寬大大地罩在她身上，袖子長及她手背。她瞧了瞧鏡子，灰朦朦的，看不清楚。退下這件母親的衣服，她把它扔在地上。然後又掂了一件春秋衫，黑色燈芯絨布料。這件衣服穿在身上，她感覺舒服、合身、柔軟，手摸在上面，順順的。

她走出門去，門開著，一切都自然而然，順理成章。月光下的巷子堆滿雜物。沒有月光，她也碰不倒任何東西，她靈敏得像一隻貓，繞著障礙物走出去。走到井臺邊，轉過井臺，朝最東邊的牆角走去，在那兩棵石榴樹下，會有一雙美妙的手等著她，並把她帶回，然後把一切推向一個習慣的不可逆轉的程序。

回到房間裡，那雙手溫柔地伸入她的頭髮，撫摸著她，一邊嘆氣，一邊解開她的衣扣，退下她的衣服。然後就應該把她放倒在床上。

「老天！」她聽見一個暴戾的聲音尖叫起來，「你這死鬼！原來你天天值夜班就做這種醜事！」

這聲音極熟，把她突然叫醒了，一霎間，腦子痛得像要開裂。她揉了揉眼睛，發現自己赤身裸體地站在屋子中央，站在如水的月光裡，站在一個男人和一個女人之間。那女人正氣勢洶洶地衝過來，滿嘴髒字亂罵著。而那男人在她身後斷斷續續地回嘴：

「她有精神病，我得救護她……來，幫個忙，把她放在床上……」

「什麼精神病！騷病！勾引男人的臭婊子。」

那兩個人的手同時放到她的裸身上，手全是濕漉漉汗津津的，她尖聲大叫起來：

「呀——」

她不明白自己怎麼落到這種境地，但她知道她一生最痛苦的時刻已經來到，這場羞辱命中注定，同樣，也命中注定了她預想過許多次的結果，她朝後退，雙手抱胸，臉痛楚地抽搐。

那女人向她撲了過來。

她停住了，正好站在案板旁邊，她用手去扶案桌，卻摸到了桌上的菜刀，她不可阻止自己把刀拿起來，朝撲上來的女人頭頸橫砍過去，準確，而且有力。

——一九九四年一期《鍾山》

近年余虹研究

一

只有那個年輕的郵遞員，留著修剪整齊的小鬍子，只有他知道這個孤身老太太早就等在那裡，每次不等敲門，她的門就開了：幾乎白盡的頭髮盤在腦後，畫滿縐紋的臉毫無表情，接過他遞上去的一疊郵件，那張臉回到更深的冷漠裡。賭氣？似乎人人都欠了她的信。郵遞員想笑，聲音塞在喉嚨格格地響，他低下頭趕快走開。她每天都能收到六、七封信，有時更多，在這難得寫信收信的街坊中儼然是郵件大戶。大部分信來自大學中文系和文學學術刊物。別的老太太打麻將上戲院做氣功抱孫子享清福或有幸做兒女的保姆佣人，她不。

烏磚黑瓦的房子長滿青苔，一個個小廚房伸出原就狹窄的弄堂，郵遞員小心繞過破筐爛罐，每家門前放著待清理的馬桶，飄來一股新鮮的糞臭，他重重地打了個噴嚏，清晨街上衝過汽車摩托喇叭聲，近在咫尺的市囂一點一點匍匐過來。

她掩上門，給自己一個聽不到看不見的空間，很安謐。其實她也清楚自己不過是在內心硬撐出一片安謐。她端坐在桌前，從抽屜裡拿出剪刀，小心地剪開信邊，一絲不苟地把信件按一定的順序攤在桌上——按大學與學術機構的名氣排。老花眼鏡把她的臉推遠，和紙上的字、標點符號保持一定的距離，使她有足夠的耐心，取出一個厚厚的筆記本。那筆記本質地優良，綢面硬殼，內頁有些泛黃，經歷了不短的日月，但保存得很好。這雙枯瘦的手，老年斑也沒能蓋過魚鱗一樣的傷疤和厚繭，她仔細編號登錄信件作文章的摘要。整個陰沉的上午，密密麻麻地在老式的派克金筆下滑出清秀而整齊的字跡。

磨得光滑的椅子，殘剩的漆被新漆覆蓋，新漆又被落入同樣的地步，這恰如深淵上空肯定的決心，忍耐力的象徵。她坐在這把椅子上，一個小時一個小時，日子艱難地從黑暗中掙扎出來，又必然無可奈何地退回黑暗。日常生活的繁瑣無聊，常會帶來片刻背棄荒涼悲號的黑暗，那是她不願觸動的記憶。她很少出門。一個衰弱的老女人在遍地嫩筍似的年輕女人擺動的曲線之間，逝去的年華只留下徹骨的仇恨。黃土已越過了她的胸口直撲咽喉，她對自己並沒有憐惜，也沒有審慎的假定。倒掛鳳尾在玻璃缸裡漫悠悠地游著，天生不成比例的燈籠掛在頭頂，一串串水泡從一張一合的嘴裡扔出，擦著燈籠散開。玻璃杯子上沿沾連著細小的水粒，有的積成一滴重又掉進水中，被倒掛鳳尾吸入體內。或許曾有池塘冒著輕煙霧氣，越過蔥綠的樹叢，匯入雲端。虛假的強徒，可敬的弱者，誰又會懂得呢？至少現在這小屋的薄門給她安全、自由甚至愉悅。每個陰霾的下午，重讀筆記，有時按號碼找出舊信，好比在泥淖的混亂看到神示的光芒，一瞬即逝的寬慰掠過她的臉上，皺紋像燕子來去的線條，偶爾一些活潑的幻影會從官樣式的句子中跳出來，她的眼睛變得像冰一樣發亮，這一切都在點明一個久存於心中的預兆。她乾癟的胸部觸及到桌沿，信從她的手中一行行列開，如魔術師心愛的紙牌。

1

勝利東返人士，艱難竭蹶八年，見十里洋場繁華如昔，感慨油然。余某日被友強邀至卡爾登舞場。仕女衣服麗都，霓虹奇彩眩目，嫵媚而睇，狐步而舞，令人心蕩神迷，目不暇給，友人忽指舞池中一翩躚麗人云：知否，知否，此即淪陷期上海著名女才子余虹，筆彩華美，顧盼風流，人若其文，可謂才貌雙全。友又云勝利後上海市黨部擬檢控余虹與偽逆關係。詎料接中統指令，謂余虹乃我方同志，地下工作厥有巨功，此案遂寢。嗟夫，如此天生尤物，必應亂世而生；世亂無已，未知禍將及於何人耶？❶

❶曹菊仁著《文壇秘辛》，民國三十四年香港五洲書局出版。第二十八則：「驚鴻一瞥見才女」。此書紙

二

黑暗漫不經心地走向她，她沒有點燈，一堵青灰色的牆，逐漸打開的月光像刀子插在牆上面，窗帘難以抵擋那已經不太遠的兇戾之氣，隔壁傳來小孩類似笑聲的哭啼，整條里弄僵硬的臉更加真實。她已不像當年那麼害怕黑夜了，平躺在床上，她從容地回憶郵件中那些千瘡百孔、但仍然揮發著墨汁香氣的詞句，滿足的感覺便在臨睡前拙笨地來到她可憐的心中。問題是她太容易被驚醒，夢與現實的齒輪相互嚙咬，白髮紛亂散在枕上，她隱匿在髮絲之中的臉龐蒼白無力。時間之流毫不退讓、頑固地只朝一個方向行進，她無法控制那冰涼的流動。

敲門聲是在一個初春倒寒天冷意徹骨時響起的。

她蜷縮在床上，像鼇腳的雕塑家堆起的塑像。不做夢。夢輕俏的拇指輪換著收集殘跡，隨心所欲，也可以說無意之中把她變成一個攥緊的戒備的拳頭。她對自己看得清楚，同時理

張粗劣，印數極少。唯其中涉及汪偽時期文人活動諸則，鑿鑿有據，似非向壁虛構。筆者曾在倫敦大學東亞圖書館珍本庫見到一本，該館拒絕筆者的複印或照相申請，無法複製供各位通人行家甄別，憾甚。

所當然地不想看清楚。敲門聲又響起。她動了一下，並不是倨於見客，只是上床好不容易等著冰涼的腳暖和過來，不想讓不速之客叫起，在這春寒之夜。室內彌漫著一股霉濕味，像監獄農場，那時她還不老，能抗得住比風寒銳利百倍的痛苦。她在小得轉不開身的廚房與一間做臥室兼書房客廳的拐彎處停住了，回視房中簡單的舊家具，四壁光光，如一個洞穴，在燈的陰影深處，出現一叢逐漸枯萎的桂花，繞在花的折疊之中出現了久違的歌聲，就在床的那頭，她為自己的下意識感到莫名其妙。今夜是有點特別。

站在門外的是一個年輕的女子。

2

中國文學研究權威伯克利加州大學白西教授在《東方學報》著文討論余虹在文學史上的地位❷。該文認為中國現代女作家比男性作家優秀，男作家的靈性常被各種世務俗念壅塞，

---

❷ Cyril Bert, The Flapping Wings: Yu Hong the Forgotton Feminine Feminist, *Oriens Extremus* Vol.IV, No.5, pp.225–240.

或受實際政治操作所累。而五四以來女性作家冰心、廬隱、淦女士、凌淑華、張愛玲、余虹等，語言自然流動，對漢語之再生比男作家更關注。白西教授對大陸文學界重視余虹表示欣慰，並說夏志清（T. C. Hsia）五十年代末推崇張愛玲，過了二十年才在大陸得到反響；他推崇余虹，僅二年就催動了大陸的余虹熱，此乃中國文學之幸。

三

他拿起雨傘，沒向我告別便離開了長椅，走出二三米遠，投來厭恨的目光，那麼陌生，直到這個時刻我才有些明白，一個月來他躲著我，不見我，真像曼玉告訴的一樣。昨晚曼玉扔下的檀香木扇子，像她週身散發的精靈般的氣息，女人比男人可愛是天經地義的呀，即使女人有這錯那錯，也比男人強十倍……

「你為什麼要把我逼瘋？你裝好套子讓我一步步鑽進去。昨天我一個人坐黃包車去赴宴，你來晚了，拉開舞伴就在大庭廣眾中對我發狠。」

「懷月，」他從夢中把我叫醒，我的白紡綢睡衣被拉開，他正用嘴唇輕輕吻著我沾著點點滴滴淚水的脖子。

……

女孩幾乎是一字不差地背了下來，接著聲稱自己如何喜歡這一段。燈光照著女孩鮮紅的薄毛衣，細長的脖子戴了一根銀項鍊，五官極像某一個人，但沒有那雙憂鬱而安詳的眼睛，瘦弱細長的手指，當然也沒有一張波蒂切利畫中的臉。哦，波蒂切利，疊印於一層層欲死不得的痛楚的顏色之中，旋轉的水是從哪裡來的，又回復到哪裡。打個比方，很像此刻她揣摩女孩聲音的方式，當女孩非要扶她坐在那把唯一的舊圍椅而自己選擇坐在床上。顯然女孩想製造一種適合她們交談的氛圍，這還必須要有點目光隨便，那隨便不是說漫不經心，而是欽佩的注視中帶著親密的自如，「金魚真可愛，游得多美！」女孩講話之中順便插一句。還說下次來一定帶點紅粉蟲什麼的餵牠，加上她臉上孩童般純潔的笑容，這一切的確把她引進了一個值得繼續走下去的真實世界。她突然想到自己一生中也有過如此麗人相伴的時光，她的頭昏濁沉重起來。信比來客讓她輕鬆，信無法強迫她回覆，來客就麻煩得多，難以說清深沉的健忘是時間煉製的技巧，還是應該歸於有意的錯誤和混亂，在這樣一個晚上，她的背緊緊地靠著椅子，發現自己是個完全不願和任何人交談的人。

幸好，能直接找上門來的人不多，一年半載或許有一個。舊相識老友早就星散，死的死，死了不再說話；活著的，卻已怨恨太多，不堪回首，各走活路。那些在辦公室高聲喧嘩的年輕人根本不知道她的名字，更不用說見過她了。她離開時，出版社還叫做「紫星書局」，而現在名稱改，領導改，同事改，地址也一改再改，舊跡在流水中消聲隱匿，誰還記得一輛軍用吉普把她帶走的那個亂雨紛紛的早晨？恐懼自然地積留在逝去的烏有中，一年年順春風浮升開去。只有給她轉信的門房、寄工資的出納，知道退休名單上她現在的地址。

女孩從一個大牛仔布包裡取出一本黑殼的舊相冊，沒有打開，而是抬起臉來柔和地看著她，說了下面這句話：

「你當然有她的照片咯？」

她沒有回答這樣具體問題的習慣，或者說女孩提及的名字再加以那種自然而然的神情一下把她拋到她不願意置身的水中，那濕漉漉的滋味，需要一個人好好躲起來才能清理乾淨。

「沒有，我沒有，」她乾脆而冰涼地說。

女孩分辨出她掙扎的痕跡，說對不起，我剛才忘了，都說您的材料已經全部散失。這才打開相冊，挪了挪身體，把相冊放在兩人之間：她椅子的扶手上。

在她的老花眼鏡下，一張已經很陌生的臉飄浮出來，細白的皮膚下彷彿可以捕捉新鮮的血脈，彷彿在證明具體而微的一個眼神，一聲輕輕的叫喚，那個時代的妝束髮式，那個時代的動人青春，在這把應該扔掉的木椅的扶手上，整整半個世紀突然通過一張泛黃的照片倒翻過來，這動作過於急速、輕易、徹底，她措手不及，感到自己要暈倒。但大半個世紀的習慣指揮著她的理智。「不太清楚了，您看這四個相角，是我重新貼好的。」女孩的聲音像一隻小蟲子嗡嗡響在她的耳邊，她取下眼鏡，那件緊裹在身上的絲質藍紫花相互纏繞的旗袍、卷曲烏黑的頭髮變得模糊不清。女孩翻相冊的手停住了，塗了淺淺一層玫瑰色指甲油的手指擱在枯黃的冊頁上，像一枚枚象牙別針，把她一動不動夾在那兒，她的呼吸急促起來。房裡昏暗的燈光避開她，有意把她留給慢慢潛上來的黑暗。

3

現代文學史界大多數人的意見，認為余虹屬於「新新感覺派」，著眼於余虹繼承了劉吶鷗、穆時英等人致力的都市小說。上海師範大學中文系陳知山教授最近提出不同意見，他指出余虹的小說情節緊湊，色彩濃烈，語言華美，其性描寫常涉頹廢而不避，與當時國統區徐訏、無名氏等人風格相近，而青出於藍。余虹最著名長篇《霓虹之都》（一九四五）以日偽期上海舞場男女情愛與政治糾葛為背景，只是一種歷史「錨定」，徐訏《風蕭蕭》，無名氏《野獸、野獸、野獸》，也都以當時政治活動為戀愛故事背景，實為當時風氣使然。余虹應視為海派文學的最後異彩。❸

四

白色的藥粒含有頑強的推動力，替她驅走了又一個無眠之夜。一個年輕女子和另一個年輕女子猶如兩面相對的鏡子，身影重合在一起，她躲在安眠藥裡裝作沒看見，柔軟的白色房子，透明地把那個夏天的傍晚還給那個夏天的傍晚：

哦，是你，真好！她被開門聲驚醒。她病了，躺在床上。空氣裡飄過來一片淡雅的桂花

❸摘自陳知山〈余虹流派歸屬質疑〉，《現代文學研究》第四卷第六期。陳教授以博學知名海內外，卻沒有指出他的理論本有實證基礎：徐訏遲至太平洋戰爭爆發之後，於一九四二年才離滬，余虹創作生涯從這一年進入成熟期。每期發表余虹作品的《紫星》雜誌主持人陳雯人，曾為徐訏密友，當時上海報刊甚至稱余虹為「紫星女」而不名，其中師承關係，極可尋味。——筆者注。

香味。你的聲音甜潤，說費盡力氣才買到桂花，跟第一次來雜誌社一樣，憂鬱的眼睛微顯羞澀。其實打動我的不是你對我直拗的崇拜、對文學的熱愛以及你的聰慧，而是你有一張波蒂切利畫中的臉，從海波聲裡誕生的女神，那致命的臉啊！玻璃缸裡兩條珍珠鳳尾相對嬉戲。你看著看著掉下眼淚。當我告訴你，我的未婚夫對你來說不是一個問題，其實他從來也不是你的障礙。好吧，他離開了我，你來了。

夜上海夜上海
你偷走了我的心
……

全是因為有了你還是其他？

全部，像你的全部一樣。溫情脈脈的歌聲撫摸一雙握著的手，女人們特殊的語言相互探望，孤獨縮小體積，內疚地把光線投向玻璃缸裡的魚兒。好的，就這樣喃喃自語：一個美麗又格外傷感的時刻為什麼應該停止？

中午太陽無隔無礙地照射下來。屋子裡的霉味固執地盤桓在衣服被子鞋家具三合土地面上，附在她一身鬆弛的皮膚上。快七十歲了。老編輯中，通家多矣，專家難尋。「詳盡地占有史料」這專家第一要求，她當之無愧，而且旁人難以超越，她的沉默令文學界迷惑不安，猜測紛紜。

她換了一種姿勢，掩卷嘆息。面頰深深的魚尾紋，頑強地掘進，兩鬢白髮像曬乾的麻粘在頭頂。正如她惶恐地等待的，從陰暗的空間傳來一陣輕快的腳步聲，太陽光在霉味的空氣裡加入使人無可奈何的壓抑感，那腳步聲停在了她的門口。她願意阻止鏡象與真象復合，她差不多一直就是這麼做的。如果是那個女孩，哦，但願不是她。為什麼每次想到她，自己的胃便忍不住一陣抽搐，喉嚨裡衝上一股難聞的氣味？

女孩用勺子將小紅蟲小心地放入玻璃缸裡，倒掛鳳尾過節似地穿來竄去，「我給您帶來我外婆的日記，」放好勺子，女孩的臉轉了過來，興奮的聲音在說，「您想想，我都記不清外婆是什麼樣子了，現在一下子知道那麼多。從她的日記中我才明白你們曾是很不一般的朋友。」

是有一把鋒利的錐子，逼向她，讓她舉手投降，一口假牙在嘴裡撕著她遲鈍的齒齦，不過，當女孩把一個綢面筆記本打開放到她的手中，她的心僅僅輕輕抖動了一下，她的目光越過筆記本、女孩，還有她自己，於是她將本子輕輕合上，放到桌子邊。希望女孩能明白這個信號。她真心地抱歉。對任何人她都如此彬彬有禮，大漠中的勞改營是告訴人應該怎樣做人的地方。

「你們後來再沒有保持聯繫？真慘！」女孩問，但她沒有回答。「或許她為人妻，為人母，必須切斷這段經歷，這真令人傷心！」並不太亮的房間，女孩站了起來，試探性地看著她與時間寧願彎成曲面，無力卻又頑固地沉默著。「是您，是您給了她許多男人都無法給的東西，在你們認識的那些年月裡……」

她知道到了無法再不說話的時候了，便張開眼睛，清清嗓子，盡可能清晰地說：「我不懂你說的什麼意思？」

終於敲開了她的嘴！女孩異常高興，於是滔滔不絕地起來，說外婆一直感激她的長年保護，先是漢奸罪名，後是特務嫌疑，這些罪名誰受得了！雖然她受盡了罪，但外婆在文革中也不好過，弄堂裡的造反派不知從哪兒搞來材料，說外婆曾為日偽投降而痛哭三天三夜，又是破鞋交際花、資本家老婆、暗藏的反革命，每天在里弄裡挨鬥。

「我沒有保護任何人，我沒有這個能力，」她聲音蒼老，此時卻很清晰，「你想要什麼，就直說吧，別再繞圈子。」

女孩一時不知如何說下去是好，隨手拿起綢面筆記本翻著，一張剪報夾在筆記本裡，當年「評茶會」的合影，當然是她，站在中間風姿卓絕，美麗超群。女孩遞過剪報讓她看。她卻把燈拉過來照著自己。女孩的眼神裡出現了她常見到的驚駭：她的眼窩深凹，二道刀傷帶著嗖嗖涼氣側過脖子，一清二楚，然後她舉起雙手：粗糙，變形，左手幾乎致殘，不僅手指伸不直，而且在不斷地發抖。

那不是我，明白了嗎？

女孩打了個冷顫，「我想您不至於說不認識我外婆吧？」

笑容又回到女孩的臉上。

4

首都大學比較文學所所長樂代音教授《女性主義在中國》一文，指出中國現代文學真正具有現代女性意識的作家不多。大部分女作家寫的仍是傳統的閨閣文學，張愛玲為其成就最高者。丁玲為女性主義文學的前驅，可惜過早轉入無性別的革命文學。余虹早期作品，如短篇集《殘缺》（一九四二），中篇《兩道門間的風》（一九四三）強調現代女性的自由精神，以致長期被認為黃色小說❹。樂教授指出，只有心靈最開闊的女作家才能達到此境界，為女性精神找到一塊福地。近年余虹生平資料絡繹發現，必將有助於我們理解這位作家的創作。

五

她驚恐地轉開臉。女孩帶來的甚至不是昔日美好的投影，而是一種利器，粗魯地搗破那層薄薄的外殼，朝無法宣諸於言詞的根襲去。

並非往事過於沉重，她本是只有過去沒有現在的人，此刻更加感到面前是條沒有出路的死弄堂。人類編造的歷史就是這樣：從第一步開始，每一步誤解都以前一步誤解作依據，於是整部歷史似乎事事有據。

男人不過是點綴，女人是肉中之骨。你說不走了，眼光沾有雨天的潮濕……已不可能了，

❹樂代音教授在另一文中認為黃色與否，取決於作者態度。如果性描寫只是演示男性單方面的性幻想，視女人身體為工具，即黃色淫穢小說。中國小說從《金瓶梅》至今日流行的「《金》味小說」，均屬此類男子意淫式低級趣味。

什麼都不可能了。這堅定不移的決心來自她內心，因此她必須堅持到底。如果脫掉這幾乎終年一個顏色的青藍衣衫，換一件稍稍鮮艷的衣服，塗一點潤膚膏，或者在毫無血色鬆弛的唇上添兩筆淡淡的口紅，或許她還能自認為那部歷史的延續者？

女孩又坐到床邊聊了起來，說用電腦寫論文，很方便很快。然後談到她的外婆生前一些小事，聽起來不奔主題，指向卻很分明。

「我明白您的心」，女孩說，「您幫助創造了一個美好的神話，可能當初你們分手時，還有一番痛苦的掙扎，不得不各奔東西的絕望？」女孩握住她只剩指節粗大的手。年輕女人令人心醉的柔軟，順著她殘破不堪的脈絡，往她冰涼的骨頭襲來，她還怕自己的血依然熱起來麼？女孩善解人意地說，「您為余虹這名字受了那麼多苦，歷史已經把余虹推入黑洞，您不想再把她拉出來，我能理解您的心。這樣安排也好，余虹，一個永恒之謎。」

的確和女孩想像的有某種類似，那最渺茫的時刻，被定格在記憶之中，從來沒有淡去。但與女孩乃至人們的猜測大有出入，不僅我們沒說共生同死，甚至連告別的話也沒說一聲，你便匆匆拂袖而去。一九四五年叫人透不過氣的夏天，原子彈蘑菇雲的影子投到上海。你審時度勢，迅速嫁了人。然後那個夏天完完全全墮入烏黑的雨水之中。你知道沒有一種香氣可以持續。可不，她聞到幾十人同居一室的汗味，混合著開口尿桶的騷臭。勞改農場改腦改心，但改不了頭頂的天空。在那個清晨突然醒來的一刻，她不明白自己為什麼仍然記得那人手上鑽石戒子的閃光？怎麼說，你想翻開這一頁？呵，這一生最殘酷的玩笑！雨聲塞滿了她的身體，誇張地響著。

5

《文學史料》今年四期刊出《余虹生平新證據》一文：上海公安局檔案處應中國作協研究部所請，從彭飛的交代中找出以下材料供本刊發表。彭飛同志解放初在華東局宣傳部擔任領導工作，一九五三年受潘楊案牽連入獄，一九六五年死於獄中。抗戰勝利時彭飛，在中共上海地下文委工作。彭飛坦白書此頁題為「關於余虹」。

「一九四六年秋市委決議勸說大後方回來的作家停止指責淪陷區作家，消除隔閡，以利於建立廣泛的統一戰線。為此應讓淪陷期文壇新人如張愛玲、蘇青、余虹等參加進步雜誌，如李健吾的《文藝復興》，柯靈的《萬象》等。為此，我讓鄭振鐸去聯絡這些作家。鄭基本上做好了這一工作。只是有一次他來見我，說他很納罕，搞不清余虹的情況，望地下黨幫助查清。他去余虹作品出版者紫星書局，找到編輯主任陳雯人。陳年輕美貌，言詞鋒利。她說余虹只是個投稿者，從未謀面。鄭問陳余虹地址，陳取出《紫星》帳本，翻出寄稿費地址，一直是一郵局信箱。鄭振鐸反映說余虹風格奇異，題材頹廢，作品情節隱隱約約似與政治有瓜葛，有人指為漢奸特務作品，但小說不足為憑。我將鄭說的情況報告地下市委楊用同志轉保衛局，請求調查。此事結果如何，楊用同志從未向我提起。《紫星》雜誌政治上中間偏右，標榜純文學。記憶中陳雯人解放後出版局留用。」

《史料》主編伍復輝研究員按：長期以來關於余虹生平傳說頗多，均無佐證。此文是迄今為止唯一確實材料，足堪珍視。公安部門應文學界所請，有選擇地公布四十年以上檔案材料，這也是第一次，令人振奮。❺

❺《史料》編者無法看到作協機關檔案，那裡秘密更多。彭飛這份簡短之極的交代材料實為陳雯人被捕並蒙受冤獄三十年之久的直接原因。陳於一九五三年因彭飛交代之牽連，被捕入獄，三年後，因無法定罪獲釋。未幾，一九五七年，因為對肅反不滿定為極右分子，再度入獄，押送青海勞改，一九六五年釋放。文化大革命中因余虹漢奸特嫌案再度收審，一九八二年再次因無法定罪而釋放。

六

她睜開疲倦的眼睛，金魚蠱惑、溫暖地升上來，它重複地翻動，檸檬黃的鱗閃著光，透過玻璃，輕輕抓了一下她的心。她放下剪刀、信。剪開和未剪開的信在桌上已堆了一大疊，既未整理又未登錄，幾天來她甚至不再讀舊信。敲門聲不過是荒唐的循環，她裝著聽不見，一些細小的痕跡表明，她走上了她一直躲開的殘酷後面的那幾步臺階，臺階如此明確，她卻巧妙地躲開幾十年。笑容為她的臉注上更加殘損的注釋。幾十年來她第一次想看看自己的容顏。可是房間裡卻找不到一個鏡子，她只能彎下腐朽的腰去拿洗臉的瓷盆，從廚房的水管接了半盆水，又倒了一些開水。

面對一盆清水，一個虛幻的人影，在她的手中搖晃不已，她的手鬆開盆沿，水仍平息不下來。空氣裡喧嘩著過路人的聲響，她的手放了回去，頭埋進水裡，然後仰起臉來大聲喘氣，水順著面頰流下、滾落，她動作緩慢地脫掉外衣，換了一件黑紅花交錯的夾衫，紅花只是僅僅隱約可見的小圓點。她以不同尋常甚至用幾十年不曾有過的心情等那女孩。

正如她所料，夜晚翻過白日，剛剛展開疲倦的一襲黑衣，女孩就來了，問她是不是病了？

問寒問暖之際，拿出每次不忘而且包裹得漂漂亮亮的禮物。她的半成新的衣服顯然讓女孩很高興，女孩的話是真心的。女孩不提前幾次被拒之門外的事，她也沒必要解釋。

女孩開門見山說她找到了外婆的手稿，明顯與余虹的詩幾乎完全一樣，在世的余虹詩作，她知道，不過七首。

她站了起來，把女孩給她的一頁複印的字拿到桌前，擰亮檯燈之後，戴上老花眼鏡，娟秀的筆跡一如那張她發誓永遠以陌生人待之的臉：

之後

選擇一種花
比如百合
殘存的恐懼後依然有淡淡的香味
可是我敘述的每一件事
顯得失去了意義

從你放上來的手
我明白
天依然很黑

「您看，與《紫星》上發表的只有一二字不同。雖然有些暗示恐怕她和您倆人知道。我可以想像那是一段多麼美麗而驚世駭俗的羅曼史。」

她打斷站到桌子背後正說得來勁的女孩：「這是她抄的詩！」

「我查過日期了，」女孩並不理睬她一臉慍色，照樣溫柔清晰地發出每一個音節，「我外婆的文字在前，《紫星》發表在後。肯定是她的作品，這是我外婆即余虹的確證。」

她的手在玻璃缸上輕輕摸著，如果水中的魚兒是她，那麼她就不會後悔了，是呵，你的確了不起，你總讓我沒有退路可走。她轉過身看著女孩。背光的側影讓女孩的眼睛在神秘裡閃爍。這次真的被逼到了底，幾十年來沒在任何威逼下透露的秘密，有可能守不住了。這個女孩絕頂聰明。與其與之耗時間，還不如自己翻開底牌。

「好吧，既然你一定要無中生有，我只好告訴你，沒有余虹這個人。」

「那麼我外婆呢？」女孩天真但焦急地問：

「你外婆與此無關，她不是余虹，她只是常幫我抄稿。」

女孩的無邪在一瞬間全部消失，突然聲色俱厲地說，「你這麼說對得起我外婆嗎？」

她聲音顫抖卻明確：「這不是怎麼說的問題，而是事實。」

怎麼知道你說的是事實，我說的不是事實？或是我說的是事實，你說的不是事實？

「你……你放肆！」她像一片薄紙飄落在椅子上。

女孩靠近她，手放在她的彎縮一團的背上，語調比先前更加溫柔，「五十年來這麼多人對你放肆，你怎麼不朝他們發火？」

停了停，女孩說知道余虹是在她們特殊感情下產生的，如果外婆能活到今天多好，她們可以一起慶祝歷史給余虹應有的地位。

她一句也未聽。盤子裡的羅宋湯鮮艷的色彩在晃著眼睛，她和那人離開座位，走出典雅精緻的西餐廳，兩人的旗袍開叉很高，碎步輕盈，高傲的臉，是的，兩個人都很高傲——那每個人，或每對人只有一次的青春時代。

6

上海《文匯報》五月十七日報導：

歷史迷霧終揭破，祖孫才女傳佳話

青年女詩人符蒿昨日上午在復旦大學中文系學術報告會上作了「余虹身分研究」的專題報告。她在報告中用幻燈投射手稿、信件、日記、照片等，證明余虹是她的外祖母林玉霞的筆名。與余虹作品印證，無不相驗，足以令人信服。符蒿準備在大量資料基礎上，撰寫我國第一部《余虹傳》。在回答記者問時，近年來詩名日著的符蒿表示，家傳的文學氣氛，幫助她形成自己獨特的文風和精神追求。

七

她沒能在筆記裡記下這則有關余虹的新聞報導，這是她唯一不知道的關於余虹生平新資料。她的筆記本鎖在抽屜裡也未能取出。

玻璃缸裡水所剩無幾，張著嘴呼吸的魚是一個芬芳的象徵。她心慌氣促，點起了一支煙，但又按滅了。她們倆憑著外白渡橋欄望著黃浦江，她疑惑地問，「你為什麼要用筆名發表呢，怕麻煩，還是開玩笑？」她對那聲音搖搖頭。沒有一種香氣可以經得住所有的雨季，但香氣進入另一個身體，活下來就不一樣了。

秘密之徑縱橫，永遠把她引向歧境。歷史無情，你愚弄歷史，歷史必反過來愚弄你。而她一生為之受苦的卻不過是一個小小的名字，盤桓在她內心的抗議早已決定了輸贏，謎來自於她，在她想怎麼處置它時，她仍舊是它唯一的主人。

她顫顫巍巍移向床，非常小心地躺了上去。烏黑的水捲走炸裂在心底的碎片，帶走了記憶中一切，夜上海之歌也好，飄著雨點的清晨以及波蒂切利式的臉也好，都顯得如此媚俗。生命輪迴往返，大都一樣，但是偶而也有例外，如果適逢這千千萬萬的偶然，她能得到，她將重新開始一生，不偽飾不苟且，做一個真正的女人。試試，是的，一定得試試。她下決心這麼做，於是她就這麼做了。

雨綿綿的暮春之晨，郵遞員又走過她的門前。

他原以為這個老太太會繼續給他的工作增添負擔：每天得退回一堆信件。他沒想到信件不僅少了，而且幾乎立即絕跡，再沒人寄郵件給這個連骨灰都無人存留的名字。

——一九九四年三期《今天》

虹影打傘（代跋）——趙毅衡

有法無天。

守的是法：國法家法，成文法不成文法，文法與非文法。上畏鬼神，下慚良知。流言止於枕邊，國事留在心裡。一句話，到哪兒都是好公民：尊敬國庫，課稅即出；畏懼警察，見罰照付。

無的是天：拒絕樣式因此小說不成方圓；無視邏輯所以詩越發怪誕；不知天命，最恨「清議」（包括任何小說作法的勸告），因此率性而為，似乎要寫出個百分之一百的非自我。

結論：通過作品認識不了虹影。

說是要寫詩了。第一步是撤走小房間裡所有的家具——所有的，只留一個床墊在地板上。不消幾天，髒衣服乾淨衣服亂堆在一起，被子也不疊，反正人躺著幾乎終日不起，高臥不醒。

到深更半夜萬籟俱靜時，開始忙碌了，在紙片上亂劃，然後亂丟。整夜燈不熄，有時趴在床墊上，有時坐在地板上。

而床單卻掛在牆上，斜迤著，像表現主義的舞臺布景。

「演戲吶？」我的惱怒當然掩飾不住。

她白了我一眼，不屑一辯。

在孵詩期，虹影不讓我讀她寫的東西。讀也沒用，看不懂她的字跡。最後，幾個星期之後，我某一天回家，看到房間一切已復原，明窗几淨，而桌上是抄得一清二楚的一組詩（她對文稿有潔癖，錯一字情願重抄，被自己逼得只能用電腦）。

她等著我的驚奇。

讀虹影的詩，我只有驚奇的份。

有時我試圖說，這裡或許可以改一個字，她馬上變了臉色：的確是非常痛苦，痛苦得像母親聽說孩子得動手術。對她，這不是哪個字更可取的事：母親的孩子不可能因手術而變得更美：不完美的可能性根本不存在。

寫小說完全不一樣：詩與散文有多少差別，二個虹影就有多少差別。寫小說時虹影正襟危坐，神情嚴肅，坐在電腦前有節奏地叩著鍵盤。桌上雖然也堆著書和紙，決不會滿地亂扔。一天工作十五個小時，半夜裡也翻身起來塗幾句話，不開燈，因為根本沒睜開眼睛。寫小說時起居有規律。起初說是為了適應長年失眠的我，而後她也染上失眠症，就正常而可愛了。

她對小說卻沒有一字不能改的毛病。任何人的任何意見，不中聽的，尖刻的，都聽著，謙遜而可愛。

也動手改，一遍一遍，只是從來不按別人提的意見改。這倒是以為好為人師者戒。

詩是她的血肉，小說是她的藝術。

她不讓別人改她的詩，也不讓她自己改，在她改定之後。

從阿爾胡斯到哥本哈根的船，穿過薩姆索海峽。那是個霧淞濛濛的海程，波浪在船舷上夢囈似地拍打。虹影和北島、張棗在侃詩，北島忽然評論起虹影的詩來。我正在與李陀談什麼，耳朵時不時飄來一二句。突然我警覺起來：北島說到保羅・澤蘭，說那才是好詩，然後是些朦朦朧朧的詞句。

虹影突然站了起來，走開去，臉色慘白。

我也離開座位跟了上去，虹影滿眼是淚。後面的幾個人都怔住了。

我問出什麼事，虹影只說：讓我靜一會兒。

我先回到座上，大家都挺窘的。北島解釋似地說他們習慣了互相評論詩作，例如詩人D就當面批評過詩人Y的作品。

結果呢？我問。

結果Y用一個酒瓶砸在D的腦袋上，幸虧打碎的是酒瓶而不是腦袋。

公正地說，虹影寫小說時，也並不完全正常：她放音樂，而且極大聲，震得整個房子像一面鼓。

當然我只能躲開去，或是強迫她戴上耳機。虹影有不少耳機、錄音機之類，都是她的文具。她挑剔文具，像挑剔小說的開場，挑得人心煩，但不挑定她是不寫下去的。

我去上課，學校遠在市中心，我們住在南郊。我打電話回去，鈴響卻無人接，一旦接起好像打電話到音樂廳，而回答之心不在焉，也像是要樂隊指揮聽電話。

似乎整個交響樂團還不夠，她最愛放的是幾個清唱劇或歌劇：奧爾夫的《巴府套曲》（Camina Burina），瓦格納的《坦豪澤》（Tanhauser）或《飛行的荷蘭人》（Der fliegende Holländer）。

大分貝寫作法也迫使虹影白天寫作按時休息，晚上這樣放音樂會被控噪音污染。問她幹什麼要震著耳膜寫作，她說一個字：氣。寫作全憑氣；寫詩就幾行，要的是一點靈氣，整日半瞌睡等它來；寫小說要長氣，山火那樣浩浩而來，沈沈不息，此所以要瓦格納式的音樂，把自己與世界隔離開來。

在英國一個重要的文學經紀人那裡，她聽到對她小說的一些最高級形容詞讚揚，聽得她嘴都張大了，連感謝都忘了。

「真有那麼好嗎？」她問我。

「恐怕有吧，」我也沒譜。「洋人有洋人的口味。」

「我想知道上帝的口味。」

但寫小說是很苦的事，至少對她而言。倫敦大學的圖書館是開架的，她在書架間地板上一坐就是幾天。

讀書是養氣，並不進入小說。為寫一篇短短的《那年的田野》，她讀了關於淮海戰役許多歷史書，只用了一個地名「陳官莊」；為寫一篇《鏈條》讀了許多南方少數民族風俗志，最後一個字也沒用；為寫《來自古國的女人》，她記了關於藏傳佛教上百頁筆記，有幾個星期整日津津樂道黃教白教，最後寫的曼哈頓宗教戰爭，只用了喇嘛的一頂峨然黃冠。

在「新生代」作家中，虹影的小說題材寬，場面大，人物的調度，時空的騰挪，都朝大處走。一句話，自傳因素最少。

「要比生活經驗，我比大部分作家豐富」，虹影常自豪地說。但她至今拒絕寫「體驗」。古人說：「喜歡我的屋，就聽我的烏鴉唱歌。」虹影說：「給面子看我的書，我款待你們我的奇思。」

虹影生在重慶南岸一個船員家中，父親很早就以眼疾而病休，全靠母親做臨時工維持一家生活。在傾圮的老房子裡，她是兄弟姐妹六人中最小的，生來是多餘者，尚在襁褓裡就準備送給別人，只是因為找不到接受者才勉強留下。從小，她就感到受冷落。她記憶的開始似乎是一個除夕之夜，跟母親鬧了氣一個人躲到廁所裡去。

廁所在坡道上，整個街區合用，幾乎從來沒人打掃。我去看過這個比虹影年齡大的廁所，我覺得這個人之初味兒超於善惡之外。

誰也沒想到她會躲在那個地方。新年降臨一家子開始著慌找人，也沒想到找到公廁去。

她的出生是個謎。除非虹影也有一天和其他女作家一樣開始寫自己。這可得好好等一陣。她寫小說，依然如童年那樣不合群。

有人說，虹影藏起自我，恰恰證明她有深度自戀，內捲式水仙花情結。還有旁證：她照片真不少，從不重複。

她曾經喜歡拍照，是事實。還喜歡把照片送給朋友。得到贈照的人當作稀罕，於是故事就滿天飛了。照片上的姿勢半是調侃，半是虛張聲勢。忠告她的人很多：此類照片過於「輕浮」，破壞作家形象，「有皮無腦」。自然，此類忠告等於白說。

但自從埋頭寫小說後，虹影拍照興趣陡降到零。不僅不再送人，連刊物和出版社刊印索照，她都特別小氣：「隨便給一張得了，好的我還想留著呢。」

還有人說虹影會交際，能打扮，聚會時八面生風。其實她最不喜歡應酬，經常藉故推掉聚會邀請，在家中一關二個月不出門。

還有人說虹影豪飲，烈度白酒能一乾而盡千杯不醉。其實她最討厭喝酒，家裡雖有幾瓶，是待客的。來客也太少，所以已是陳釀。

又有人說虹影好笑樂天。其實她幾乎毫無幽默感。別人大笑捧腹她還皺著眉頭不知可笑在何處。一旦給她說穿了她就笑得煞不住車，別人早轉了題，她還在獨自咯咯不停。笑終人散，她氣餒地說：真浪費時間。

經常，得我把她趕出門，才去參加聚會。我想她從小的孤僻習慣可能一輩子難改。

這篇小文至此沒有談虹影的小說，那是批評家的事。我也好歹被人叫做評論者。只是距離太近，說不出個所以然。不過我可說說虹影寫小說遇到過的怪事。

三年前的一個中篇，虹影認為寫得太實，朋友轉給大陸一個以一本正經聞名的刊物。二個月後退了稿，難得的是附了一滿頁書法優美的意見：「在夾縫中生存的敘述者，既不能深入異邦文化的內核，又不能反省自身。」（這倒說得極準確，但這正是此篇小說「想法」之所在。）忠告是：「在中國語體文經典時代尚未到來時，希望勤奮而有才華的作家多多關注西方小說的傳統形式，而不僅是所謂現代性。」

下面是簽名蓋章，大義危言，正氣凜然。

虹影看了發傻：「這位先生結食不通氣？」

她決定投給名聲比此刊更「傳統」的一本大刊，立即刊發而且醒目地打在封面上，被讚為「體驗現實有深度的佳作」！

還有一次，南方一個著名的特區開放城市編小說選，擬選虹影的《康乃馨俱樂部》。那是想像未來某個年代的上海，一群過激的女權主義者，對男性報多年積恨之仇。編輯來了封繕寫工整的信，「小說中的情節與我國社會習俗不符，人物性格畸形，危害他人。」

又輪到虹影嘆氣：「你們老說我沒幽默感，天下比我幽默感更差的人多的是！我可能聽到個笑話沒笑得起來，他們聽到笑話哭了起來。」

小說中的「危害他人」，是這群女復仇者動手割了薄情郎的那玩意兒。說來可怕，明擺著調侃社會也調侃個人，逗弄男人也逗弄女人。如此皮裡陽秋，編者戰慄，感到了實質性的人身「危害」威脅！

因此虹影說，她的小說生涯不順。

但她不想也不可能改變路子。寫作對她來說，是打傘的唯一呈現方式。

打傘，德語 Das Sein，存在。

哲人說：存在無法定義，它不是上帝，不是世界的基礎，不是現存的秩序。既不是我們已有的東西，也不是我們沒有的東西。

打傘者，有法無天。

打開傘，存在自身顯現，敞開即領悟。哲人云：此在是存在的澄明，存在的詩意就是存在在其存在中呈現為詩意。

虹影打傘：作為思想並寫作的人，她探入想像這個存在唯一的家園。傘打開了，她見到的是一片開花的草地，存在者現在正在走進被她敞開的存在。

——一九九六年一期《文學自由談》

三民叢刊書目

⑥⓪蝴蝶球傳奇　顏匯增 著
·真實與虛構
⑥①文化啓示錄　南方朔 著
⑥②日本這個國家　章　陸 著
⑥③在沉寂與鼎沸之間　黃碧端 著
⑥④民主與兩岸動向　余英時 著
⑥⑤靈魂的按摩　劉紹銘 著
⑥⑥迎向眾聲　向　陽 著
·八〇年代臺灣文化情境觀察
⑥⑦蛻變中的臺灣經濟　于宗先 著
⑥⑧從現代到當代　鄭樹森 著
⑥⑨嚴肅的遊戲　楊錦郁 著
·當代文藝訪談錄
⑦⓪甜鹹酸梅　向　明 著
⑦①楓　香　黃國彬 著
⑦②日本深層　齊　濤 著
⑦③美麗的負荷　封德屏 著
⑦④現代文明的隱者　周陽山 著
⑦⑤煙火與噴泉　白　靈 著

⑦⑥七十浮跡　項退結 著
·生活體驗與思考
⑦⑦永恆的彩虹　小　民 著
⑦⑧情繫一環　梁錫華 著
⑦⑨遠山一抹　思　果 著
⑧⓪尋找希望的星空　呂大明 著
⑧①領養一株雲杉　黃文範 著
⑧②浮世情懷　劉安諾 著
⑧③天涯長青　趙淑俠 著
⑧④文學札記　黃國彬 著
⑧⑤訪草（第一卷）　陳冠學 著
⑧⑥藍色的斷想　陳冠學 著
·孤獨者隨想錄
A·B·C全卷
⑧⑦追不回的永恆　彭　歌 著
⑧⑧紫水晶戒指　小　民 著
⑧⑨心路的嬉逐　劉延湘 著
⑨⓪情書外一章　韓　秀 著
⑨①情到深處　簡　宛 著
⑨②父女對話　陳冠學 著

⑼ 陳冲前傳　嚴歌苓著
⑼ 面壁笑人類　祖　慰著
⑼ 不老的詩心　夏鐵肩著
⑼ 雲霧之國　合山　究著
⑼ 北京城不是一天造成的　喜　樂著
⑼ 兩城憶往　楊孔鑫著
⑼ 詩情與俠骨　莊　因著
⑽ 文化脈動　張　錯著
⑽ 桑樹下　繆天華著
⑽ 牛頓來訪　石家興著
⑽ 深情回眸　鮑曉暉著
⑽ 新詩補給站　渡　也著
⑽ 鳳凰遊　李元洛著
⑽ 文學人語　高大鵬著
⑽ 養狗政治學　鄭赤琰著
⑽ 烟　塵　姜　穆著
⑽ 河　宴　鍾怡雯著
⑾ 滬上春秋　章念馳著
⑾ 愛廬談心事　黃永武著
⑾ 吹不散的人影　高大鵬著
⑾ 草鞋權貴　嚴歌苓著
⑾ 是我們改變了世界　張　放著
⑾ 夢裡有隻小小船　夏小舟著
⑾ 狂歡與破碎　林幸謙著
⑾ 哲學思考漫步　劉述先著
⑾ 說涼　水　晶著
⑾ 紅樓鐘聲　王熙元著
⑿ 寒冬聽天方夜譚　保　真著

121 儒林新誌

周質平　著

本書是旅美普林斯頓大學周質平教授，將其多年在國內外的華文報章上所發表的四十多篇論述雜文結集成冊。書中呈顯出所謂海外學人的千般樣態，嘲諷中不失幽默，值得您細心體會。

122 流水無歸程

白　樺　著

大陸知名作家白樺繼《哀莫大於心未死》之後又一本長篇小說。他的書取材是當代的，是改革開放後大陸所面臨的經濟文化與人慾的衝擊。書中的人物如高幹、富商、少女、情婦、歌星等，在金錢的誘惑下，一一呈顯出深沈黑暗而扭曲的人性面。

123 偷窺天國

劉紹銘　著

善人走完了人生路途上天國，會幸福到什麼程度？天國的幸福，會不會只是塵世快樂的延續？在本書作者引領之下偷窺天國的結果，是否會發覺天國的無趣？永恆實在可怕，幸福和快樂如果遙遙無盡期，一樣會變為無聊、乏味。天國，是否就在當下。

124 倒淌河

嚴歌苓　著

屢獲各大報文學首獎的嚴歌苓，繼《陳冲前傳》、《草鞋權貴》後又一本小說新著。內容包括十個短篇及一部中篇〈倒淌河〉。全書無論在寫景、敘事或對話，都極老練辛辣，辣得幾乎教人流出淚來。

⑫⑤ 尋覓畫家步履

陳其茂 著

出國旅行，是許多人心神嚮往的事。而世界各著名的美術、博物館，更是文人雅士們流連佇足之所。與其走馬看花、對大師們的作品僅留浮光掠影，淺嘗輒止；不如隨著畫家陳其茂教授的引領，在其敏銳且情感深致的筆觸下，一起尋覓畫家們的步履。

⑫⑥ 古典與現實之間

杜正勝 著

在古典與現實之間，一幕幕動人心弦的故事正激盪著你我的心。古典的真貌在不斷的探索中漸漸澄澈而透明。而現實的我們且懷著古典的情愫，在史學家杜正勝院士古典新詮的筆下，淺嘗歷史的滋味。

⑫⑦ 釣魚臺畔過客

彭歌 著

北京釣魚臺之盛名，並非全因這片神祕的迎賓貴地，而是在於它的歷史背景。是緣的牽引，將離去故都半世紀的作者引入這神祕的釣魚臺賓館……本書作者以纖細的筆觸，將自己多年飄泊生涯中的聞見感想，一幕幕真實清晰地展現在您眼前。

⑫⑧ 古典到現代

張健 著

涵泳於中國文學數十寒暑而樂此不疲的張健教授，在本書中除用粗筆勾勒歷代文學抽象的思潮外，更以細筆描述陶淵明、杜甫、孟浩然、王國維、魯迅、張愛玲……等文學家具象的風格與作品。篇篇都以作家的詩文為其依據，引領讀者一覽文學之美。

⑫9 帶鞍的鹿

虹影 著

由一幅帶鞍的鹿畫中，牽引出一樁奇異的命案，主角和死者有著什麼樣的糾葛？帶鞍的鹿畫中又暗示了什麼樣的命運？作者以其深沈的筆調，藉著本書各篇小說，帶領讀者走向人類心靈的深處，去探索深藏於內心的桎梏。

⑬0 人文之旅

葉海煙 著

本書作者以「人鏡」自任，用經世的情、關懷的筆，鏡映出人文百態。全書集結作者對自我、社會和文化等面相的諸多觀察及反思。一字一句，皆為知識分子的圓融智慧與淑世熱忱；一言一語，盡是紛乘社會的暮鼓晨鐘。

⑬1 生肖與童年

小民 著
喜樂 圖

十二生肖在每個農曆新年來臨時，都為年節的歡樂帶來一股高潮。這些可愛的動物們，為童年的生活增添了無限的趣味。本書紀錄了作者對於十二生肖的情感，和童年難忘的美好時光。加上喜樂先生細膩的插畫，讓生肖與童年的故事，一一鮮活起來。

⑬2 京都一年

林文月 著

京都是一個新舊互容的都市，有著高樓矗立及寬敞的街道，又存有古典風味的低矮木屋與不平的石板路。作者在京都的一年中，品味著這古都對文化保存、人情往來及文藝活動的諸般樣態，藉由她的生花妙筆，使讀者沈湎於京都典雅、優閒的情調。

⑬③ 山水與古典

林文月 著

山水景致，勾起了幾許文人的多愁善感；而古典文學，又蘊含著多少古人的人生情懷。本書探討著古典作品和詩人之間的關係。筆調輕鬆而不輕浮；題材古典絕不枯燥。且邀您一同進入詩人的筆墨之間，翱遊在山水作品的世界裏。

⑬④ 冬天黃昏的風笛

呂大明 著

旅居法國的作者呂大明女士，以其一貫典雅柔美的風格和精致細膩的筆觸，表達出她對生活、自然的樂觀態度。她如詩般的作品，仿如一幅幅精美瑰麗的圖畫，靜靜地訴說著對美好人生理想的浪漫情愫。

⑬⑤ 心靈的花朵

戚宜君 著

本書作者一生從事文化的傳播工作，積累數十年的工作經驗及閱讀習慣，創作出一篇篇詞美意深的勵志散文。除了用以傳達理性的知識和感性的情懷外，並深切期望本書能敲開你的心扉、溫暖你的心靈，進而耕耘你的心田，綻放出美麗的心靈花朵。

⑬⑥ 親　戚

韓　秀 著

人間真情不分種族國界；世間的溫暖存在每一角落。在有風有雨的日子裡，亦或在恬淡如鏡的歲月中走過，是否有如詩般美麗的故事令人難以忘懷？是否忘了去感激那些曾經陪著你、關懷你的人呢？靜下思慮，就讓韓秀的慈心慧語洗滌你久未感動的心。

⑬⑦ 清詞選講

葉嘉瑩 著

清詞之盛，號稱中興，其作者之多、流派之盛，以及其對詞集之編訂整理，對詞學之探索發揚，種種方面之成就，固已為世所共見。作者以其豐富的文學涵養，旁徵博引地賞析其所鍾愛的清詞，相信定能讓讀者流連忘返於清詞的世界中。

⑬⑧ 迦陵談詞

葉嘉瑩 著

本書為以詩詞涵養享譽國內外的葉嘉瑩教授，繼《迦陵談詩》之後又一精緻力作。從詩歌欣賞入門到分析溫韋馮李四家詞風，兼論晚唐五代時期在意境方面的拓展等，作者以其細膩的詩心，帶領讀者一起感受詞中的有情天地。

⑬⑨ 神樹

鄭義 著

曾以《老井》獲東京影展最佳編劇的作家鄭義，在因八九民運遭當局通緝而流寓異國之後，他以一個村落、一棵「神樹」，具體而微地映現當代中國的重重劫難。形象化的語言，原始潑辣的書寫，在魔幻詭麗的背後，透露出對生命與死亡的真實關懷。

⑭⓪ 琦君說童年

琦君 著

每個人都有童年，不管是苦是樂，回憶起來都是甜美的。善於說故事的琦君，與您一起分享她魂牽夢縈的故鄉與童年。篇篇真摯感人，字裡行間充滿了愛心與情義，在欣賞琦君的散文之餘，更別有一番溫馨感受，是一本老少咸宜的好作品。

⑭¹ 域外知音

張堂錡 著

本書作者張堂錡先生歷年來針對世界各國知名漢學家進行訪談，透過感性的筆觸，生動的文字敘述，道盡了這群域外知音漢學研究生涯的甘苦，因這一路執著不渝的採拾和耕耘，呈現繽紛絢麗的色彩，並給予中國人新的研究觀點，重新檢視自己的文化。

⑭² 遠方的戰爭

鄭寶娟 著

當地理上應該是遠方的戰爭，而我們已能同步掌握其狀況時，地球村的思維方式已不是口號，而是現實。以更宏大的視野看待這世界，以更深入的態度反省既存的觀念，將曾經事不關己的遠方納入思維，於是你會發現心可以更寬廣，生活也會更豐富。

國立中央圖書館出版品預行編目資料

帶鞍的鹿／虹影著. -- 初版. -- 臺北
市：三民，民85
面；　公分. --(三民叢刊；129)
ISBN 957-14-2418-8（平裝）

857.63　　　85004900

©帶　鞍　的　鹿

著作人　虹　影
發行人　劉振强
著作財產權人　三民書局股份有限公司
　　臺北市復興北路三八六號
發行所　三民書局股份有限公司
　　地　址／臺北市復興北路三八六號
　　郵　撥／〇〇〇九九九八一五號
印刷所　三民書局股份有限公司
門市部　復北店／臺北市復興北路三八六號
　　重南店／臺北市重慶南路一段六十一號
網際網路位址　http: // sanmin. com. tw
初　版　中華民國八十五年六月
編　號　S 85329
基本定價　叁　元
行政院新聞局登記證局版臺業字第〇二〇〇號

ISBN 957-14-2418-8（平裝）